LIBRO
DE
RELATOS

Escritos entre 2009 - 2012

Conjunto de relatos en el que se cuentan diferentes historias.

MIS RELATOS
PREFERIDOS

Pagina.   Título.

CARAVANAS

Si hay algo que no soporto es el tráfico. La gente está esperando que llegue un puente para salir todos a la carretera. Parece que nos dan el pistoletazo de salida "a respirar aire puro" dicen ellos. Pero si antes hay que pasar un verdadero martirio, no vale la pena.

Siempre la caravana de coches me recuerda a las hormigas, solo que estas tienen un sentido transportando el alimento, pero nosotros lo que llevamos dentro del coche son nervios por llegar a donde sea y que se acaben las cancioncillas de los niños que ya conocemos al dedillo, o las quejas de la abuela porque ahora las carreteras no pasan por los pueblos y no le permiten ver ese paisaje, por el que solo ve ahora carretera habitada por coches, como si no hubiera vida humana en ella, solo máquinas infernales que compiten entre ellas por llegar antes.

En definitiva, cada vez que se aproxima un viaje, mi carácter cambia como si me fueran a llevar a un sitio muy desagradable y en vez de disfrutar me siento como si esa caravana me obligara a seguir el camino de los demás de una forma mecánica y no me permitiera salirme en el siguiente desvío y hacer lo que realmente me gusta.

MAESTRA

Sonó el teléfono con un ruido insistente, al descolgar recibí una noticia que llevaba esperando desde el día que aprobé las oposiciones a magisterio. Por fin tenía plaza, estupendo, iba a poder empezar a ejercer la carrera para la que me había estado preparando todo este tiempo.

Durante la noche apenas pude dormir, a otro día iría al colegio donde iba a transcurrir mi vida laboral durante los próximos años.

Nada más amanecer me levanté y me dispuse con mi mejor ánimo a salvar todos los obstáculos que hubiera en mi camino para poder llevar mi trabajo lo mejor posible. Pero aunque yo me lo negaba y no lo quería reconocer había en mí un miedo a que aquello no funcionara. Nunca a mí misma me lo quise reconocer pero sabía que el problema estaba ahí y por más que no quisiera pensar en él, más pronto que tarde saldría a la luz si yo no era capaz de disimularlo.

Cuando llegué al colegio ya el solo olor a tiza y niños hizo que mi estómago diera un vuelco y me hiciera tener que agarrarme a la escalera como si me hubieran golpeado. ¿Cómo superar mi fobia al olor a colegio? Nunca pude explicarle a nadie que hubiera estudiado magisterio y no pudiera con este olor.

EL CUIDADO DE LOS NIÑOS.

Esta noche han tardado mucho los niños en dormirse, mañana es el último día de clase y estaban nerviosos porque tienen una fiesta.

La pequeña, Anita me ha hecho probarle el disfraz por si se le había quedado pequeño desde la semana pasada que se lo probó "Imagínate que mañana me levanto, me voy a vestir de Campanilla y el traje no me vale, ¿Cómo voy a la fiesta, en pijama?". Así que se lo ha puesto, se ha mirado un largo rato al espejo y tras asegurarse que todo estaba en orden, lo ha guardado con gran cuidado de no estropearlo.

Juanito se ha empeñado que le lea el cuento de "La mano negra" un par de veces porque como estaba tan nervioso no se concentraba y no le producía el miedo de otras noches, él siempre dice:"si no siento miedo, no me quedo quieto en la cama y no me entra sueño", así que dándole el mayor misterio posible le he leído todos los capítulos tratando de trasmitirle, toda la intriga que produce una mano que cuida a un niño sólo en un castillo y que a pesar de ser tétrica le evita muchos peligros y le cuida como la madre que él desgraciadamente ha perdido.

Otro punto, cuándo se niegan a quedarse solos, es el agua."Tengo sed", les acerco el vaso "pero tráeme otra, esta está caliente", cuando regreso con la jarra de agua fresca, ya las almohadas se han convertido en maravillosos caballos blancos y ellos cabalgan felices, por la orilla de la playa, con los cabellos al viento y la piel húmeda y salada.

Al final consigo que el sueño cierre sus párpados, noto como sus músculos se van relajando y al final entran en el mundo de los sueños, donde espero que sólo tengan buenas experiencias. Ya casi está amaneciendo, así que yo debo volver al armario que es donde debemos escondernos los monstruos, hasta que los niños me reclamen la noche siguiente.

ANDREA EN LA BIBLIOTECA

Andrea había sido invitada a la biblioteca nacional para que escogiera para ella un libro, pero solo uno. Entró como un chiquillo en una pastelería mirando con ojos golosos todos aquéllos tomos, unos manuscritos, otros con anotaciones del autor, total que estaba hecha un lío. De pronto de un robusto libro, surgió una lanza y un hombre muy delgado "Después de leerme tres veces, no me digas que no me vas a escoger a mí". Pero ella dudaba y seguía mirando, se acercó a una forrado en piel y vio una mano de una jovencita casi una niña, "con lo que te hubiera gustado a ti interpretar el papel de Julieta", no me digas que vas a escoger a ese hidalgo medio loco en vez de a mí que mi lectura rezuma romanticismo. Su cabeza ya daba vueltas estaba muy aturdida y al final casi escondido estaba su cuento preferido: Mariuca la castañera y pensó:"A ti quien te va a escoger salvo algún niño que te conozca, pero a mí me has acompañado muchas noches a la hora de dormir y hasta he soñado que los pajaritos que a ti te hacían el trabajo, realizaban mis deberes, así que quiero éste", dijo sorprendiendo a todos los presentes por lo humilde de su elección

PEPITA LA VALIENTE

Aquél día en la casa había un ambiente especial. Era el cumpleaños de Pepita y su madre se afanaba porque todo estuviera a punto para la fiesta de la tarde. El sol no había asomado todavía perezoso por la ventana de quien iba a cumplir un año más cuando ya había saltado de la cama dando gritos por el pasillo."Mamá no te olvides de la tarta, cógeme la coleta, ya sabes que tienes que decirle a la tía que traiga la cámara". En fin que no podía parar. Solo su muñeca Lola aguantaba pacientemente en sus brazos, aunque a veces se temía que con esos nervios terminara estrellada contra la pared. Aunque a decir verdad Pepita nunca lo consentiría, antes se rozaría su brazo que su muñeca preferida.

Al fin llegó la tarde y con ella la tan esperada fiesta. Pero Lola andaba un poco mosca porque había visto al hermano de Pepita que se llamaba Manolín, tramando algo con sus amigos y trató de avisar a la niña de sus ojos. Pero esta estaba tan pendiente de recibir a tod@s sus amig@s y todos los regalos que le traían que no prestaba atención a Lola. Cada paquete de regalo que abría, era para ella una sorpresa maravillosa que esperaba contuviera algo muy especial. Por no hablar del momento de soplar las velas, ella apretaba muy fuerte sus ojos y cuando los abría el humillo de las velas le parecía un buen augurio para otro año más que tendría en su vida.

Ya llevaban un buen rato en todos estos menesteres cuando Manolín guiñando un ojo a sus amigos, dijo": Ya va siendo hora de ver que hay en las piñatas". A lo que tod@s Contestaron entusiasmados, saltando y dando palmas - bieeenn" y entonces sucedió la tragedia, al tirar de las cuerdas en lugar de confetis o golosinas como era de esperar empezó a caer batido de chocolate, poniendo a toda la gente menuda que había debajo como verdaderos bombones recubiertos de chocolate con el consiguiente disgusto para la mayoría excepto " alguno" que se estaba divirtiendo de lo lindo con la gamberrada. La madre que sabía de quién había partido la broma, ordenó a su hijo inmediatamente que se fuera a su habitación, a lo que él soltó su perorata de siempre"si es que con las niñas no se puede jugar a nada, si es que son unas ñoñas, ya están llorando es que son unas cobardicas y mi hermana la mayor de todas".

Siempre la acusaba de cobarde y de que no se podía jugar a nada porque era muy blandita. Pero la realidad era que entre sollozo y sollozo por haberle aguado la fiesta, le ayudó a su madre a recoger todo aquél desastre y aún sacó fuerzas para poner una media sonrisa, para despedir a sus amigas.

Así iba transcurriendo el tiempo y Manolín estaba cada más travieso y siempre gastaba todas las bromas a su hermana Pepita siempre que venía del colegio iba corriendo a su habitación a dejar la cartera y a darle un beso a su muñeca Lola, pero aquél día lo que vio le paralizó la sangre, su muñeca no estaba donde ella la había dejado y la cabeza de algunos de sus muñecos habían servido de pelota a Manolín, el grito que dio Pepita debieron oírlo en el otro extremo de Madrid. La madre llegó corriendo y cuando vio lo que había pasado trató de explicarle a su hijo que hay que respetar las cosas de l@s demás y que a él no le gustaría que su hermana rompiera sus juguetes o sus juegos de la play, a lo que él respondió que "solo era una broma y que su hermana era una cobarde y una llorona". Su hermana se dedicó a buscar a su muñeca y cuando la encotró la apretó fuerte contra su pecho y hasta notó que Lola le daba un beso en su mejilla.

A otro día Pepita seguía enfadada con su hermano, le extrañó no oírlo como todas las mañanas en el baño porque normalmente él se duchaba antes que ella. Se levantó como siempre, abrazada a su muñeca y salió al pasillo. De la habitación de su hermano venían voces, la de él, llorosa. La de su madre angustiada y la tercera era de su médico de familia que decía: nos queda la esperanza de que Pepita pueda ayudarnos, a lo que Manolín respondió: Con lo cobarde que es seguro que se niega. Así que el médico y la madre salieron de la habitación y Manolín dio rienda suelta a sus lágrimas abrazando a su muñeco Superman y le pidió que le acompañara al hospital, pero éste se negó en rotundo"; yo estoy acostumbrado a volar de tu mano por toda la casa pero de eso a ir a un hospital... no, no, yo no puedo hacerlo. Lola que observaba la escena en brazos de Pepita le dijo que ese muñecaco era un desagradecido y que ella nunca dejaría sola a su amiguita en ningún momento.

Se dirigieron todos al hospital y Pepita, como es natural con su Lola, les hicieron pasar al despacho de la doctora Ruíz. Pepita se sentía muy pequeña frente a la mesa de despacho, así que la doctora rodeó la mesa y se sentó al lado de la pequeña para infundirle confianza. Bueno supongo que ya sabes que tu hermano está malito ¿ verdad?, Sí, eso he oído, contestó algo más tranquila Pepita ante la calidez de la doctora. Verás, tu hermano tiene una enfermedad que para curarla necesita de la ayuda de otra persona y esa otra persona puedes ser tú. Lo que haga falta, si yo puedo hacer algo por mi hermano, pero no entiendo siendo usted doctora en qué puedo yo ayudarle para curar a mi hermano. Pués es muy fácil, tu hermano necesita un poco de líquido que va por tu espalda y que le ayudaría a curarse. ¿Pero como puedo darle yo ese líquido?.Yo te lo extraería y luego se lo pondríamos a él. La niña apretó nerviosa a su muñeca y preguntó con voz temerosa"¿y me va a doler mucho?.No te preocupes que yo te pongo una medicina casi mágica que hace que no te duela. La doctora entró en la habitación de Manolín y éste sin dar tiempo a nada empezó a decir": Mi hermana no ha querido ¿ verdad? Ya sabía yo que no se iba a atrever". Pero casi no había terminado de hablar cuando Pepita abrió la puerta resueltamente, diciendo que estaba dispuesta para que le aplicaran la medicina esa mágica y si podía, ayudar a su hermano.

Pepita estaba en su habitación haciendo los deberes cuando oyó a su madre llamarla muy contenta anunciándole que su hermano había vuelto del hospital. Al oír esto Lola se escondió detrás de Pepita pero lo que sucedió las dejó perplejas. Manolín entró con la capa de su Superman en la mano y se la dio a Pepita para su muñeca. Lola se lo merece más que mi muñeco, le dijo y acercándose a su hermana le dio un sonoro beso en su carita de pan tierno y le dijo: nunca más te volveré a llamar cobarde, de ahora en adelante para mí serás "Pepita la Valiente". Un sol rojizo que contemplaba la escena desde la ventana dibujó una gran sonrisa y se fue por su camino de todas las tardes contento porque una vez más se había reconocido donde estaba el verdadero valor.

AUTOBIOGRAFIA

Era el mes de Mayo del año 1962, una tarde al salir del colegio, me dirigí a Radio Granada, yo cantaba allí en un programa llamado "Los Jueves Infantiles". A mí me parecía que aquél día el recorrido del autobús era más largo que nunca y que en cada parada se detenía más tiempo de lo normal, la calle se me hacía interminable ¿Pero qué pasa, han prolongado la Gran vía? Porque yo nunca había tardado tanto en atravesarla.

Una señora llegó con una moneda de diez duros y el cobrador le dijo que no tenía cambio, porque el autobús costaba cincuenta céntimos, total que el conductor dudaba si la señora se tendría que bajar y no arrancaba, solo faltaba eso. Mi madre me había puesto un uniforme del colegio recién planchado, había estado toda la tarde sentándome con mucho cuidado para no arrugarlo. Los zapatos que me habían comprado como siempre en el Águila, eran los que más duraban, pero yo pensaba: "estos zapatos me están matando", el aire que entraba por la ventanilla me hacía llevar el pelo como si me hubiera peleado con alguna compañera, cosa que por aquélla época no era totalmente descartable en mí. Cuando mis nervios estaban ya a punto de jugarme una mala pasada y empezara a gritar para que todo fuera más deprisa alguien me llamó desde la parte trasera del vehículo y al volver la cabeza descubrí que era el pianista del programa. Me tranquilicé bastante pensando que si él no estaba el espectáculo no podría comenzar, por lo que me acerqué muy contenta hacia él y fuimos charlando animadamente el resto del camino

CARTA ENTRE PERROS

Querido amigo: ¿o debería decir enemigo?, porque la verdad de oír decir lo bueno que eras ya empiezo a estar un poco harto. Yo se que tu viviste aquí durante diecisiete años y en cambio soy un recién llegado. Yo estaba con mi mamá teniendo que pelear con mis hermanos por poder llegar a coger un pezón de vez en cuando y entonces llegó "ella", me tomó en sus manos y me acercó a su cara, yo naturalmente fui a lamerla y a ella en contra de lo que le pasa a otros no le molestó. Me llevó a su casa y yo con los nervios del coche y la expectación que desperté en la familia no pude contenerme y ahí mismo en la alfombra solté un pis. Espero que sea tan curioso como lo era el otro, fue la primera vez que oí hablar de ti, pero no sería la última.

Otro día yo estaba investigando detrás de una pelota porqué se deslizaba tan fácilmente , cuando a los otros juguetes yo tenía que moverlos, cuando noté que algo me atrapaba por el lomo, era un bicho largo que a mí me pareció una serpiente, entonces tuve que cogerle con mis dientes y ayudándome con las patas lo destrocé, entonces de pronto llegó ella como una explosión y dijo: La bufanda de la tía Enriqueta, no me lo puedo creer, siempre he puesto ahí la bufandas y "el otro" nunca las cogió, las bufandas no, pensé yo pero las serpientes, ¿qué pasa, que tú no te defendías?. Y la última fue el otro martes, ella estaba preparando unas chuletas que muy apetitosas, justo puso el plato en la mesa y milagrosamente sonó el teléfono, yo ya sabía que pegada a ese cacharro ella siempre estaba un buen rato, así que no lo dudé salté a la silla y en un momento mis patitas estaban dentro del plato, cuando se dio cuenta, no te quiero contar, se puso muy enfadada y de nuevo la letanía de que "el otro" nunca hubiera hecho eso. ¿Qué pasa que eres vegetariano, o qué? Así que he decidido escribirte para plantearte mis quejas y decirte que si alguna vez vas a otra casa, no hagas las cosas tan bien porque luego a los demás nos toman a mal todas esas pequeñas tonterías que hacemos. De todas formas te mando un saludo cariñoso porque para que "ella" te quiera tanto debías ser un buen tipo.

Firma: Un cachorro dolido

EL BINOMIO FANTÁSTICO

Nunca pensé que un folio pudiera actuar como un ave llevando un trocito de corazón y portador de tales noticias.

Con frecuencia cuando era pequeña he escrito cartas a personas que no sabían hacerlo para enviárselas a su familia, pero nunca pensé que alguien iba a poner en mis manos infantiles de once años, la responsabilidad de tener que dar tal encargo.

Era una vecina muy joven tuvo dos hijas muy pronto que apenas tenían dos o tres años, vivían alquilados en una habitación desde que se vinieron del pueblo, buscando nuevos horizontes en Madrid, pero el destino les tenía otro futuro. Cuando me llamó para que le escribiera una carta a su familia, como otras veces, ya noté que esta iba a ser diferente porque su rostro juvenil, siempre alegre tenía una solemnidad que yo no conocía en ella. Empezó saludando a su madre como siempre y a continuación en lugar de su fórmula habitual de "por aquí bien" me dijo que escribiera textualmente: Tengo que haceros el encargo más importante de mi vida y es que cuidéis de mis hijas, me queda poco tiempo de vida y sobre todo me preocupan ellas. Yo ya no sé que más me pidió que dijera porque me quedé totalmente aturdida. Fui a casa llorando a contárselo a mi madre que se quedó también muy triste. Ni ella ni yo podíamos entender que una persona tan joven estuviera acabando su vida.

Desde entonces siempre que me han pedido que escriba alguna carta he sentido un pinchazo de miedo, pero afortunadamente mis otras cartas han sido mucho más rutinarias y normales.

EL SUEÑO DE UN NIÑO

Los reyes me han traído un perro de peluche que hace casi lo mismo que uno de verdad. Da la patita, ladra, cuando le acaricio ronronea, en fin algo "espectaculante", pero yo tengo seis años y siempre les he pedido a sus majestades un perro de verdad. Por la noche siempre me gusta jugar con Toby, que así se llama el perrito, antes de dormirme y cuando ya mamá de la voz de alarma, que suele ser a la de cinco veces de decir Javier a dormir, lo dejo y me meto en la cama apretando mucho los ojos a ver si el sueño quiere venir, porque la mayoría de las veces se me empiezan a ocurrir juegos y no hay manera de estar quieto en la cama. La otra noche que como siempre estaba aburrido de no poder dormirme, lo metí conmigo en la cama a ver si así acurrucándome con él era más fácil por lo menos estar tranquilo para que no se notara que estaba despierto. De pronto noté que Toby se movía y me pasaba su hocico húmedo por la cara. Me levanté de un salto y él me siguió hasta la habitación de mamá, moviendo exageradamente su rabito. Cuando ella vio que el perro se había vuelto real se asustó sin podérselo creer y como siempre vino la retahíla de contarte todos los inconvenientes que tiene tener un perro, ya que mamá siempre me chafa las cosas buenas, diciéndome lo que acarrean y lo malo es que casi siempre tiene razón. Ahora vas a tener una serie de obligaciones que antes no tenías, me dijo, tienes que sacarle a la calle tres veces al día, procurar que no le falte comida ni bebida, atenderle y jugar con él dándole cariño y por supuesto educarle para que no haga travesuras. Por mucho frío que hiciera él me traía su correa y yo le sacaba a la calle, recogía lo que él hacía para que no dejara ningún "regalito" en el jardín o en la acera. Pero no podía evitar que mordiera todo lo que se le ponía a tiro. Hacía poco habían cambiado los sofás y mi madre apenas nos dejaba sentarnos en ellos para que no se estropearan, con lo que me gustaba a mí jugar al barco en el sofá anterior. Un día al volver del colegio salió el perrillo con trozo de guata en la boca, me lo llevó igual de contento que cuando yo le lanzaba la pelota y él me la traía y cuando entré en el salón vi que había destrozado el sillón y que se le veían todas las tripas, entonces entró mi madre como si de un huracán se tratase y zarandeándome me decía "Javier Javier, que es tarde y no llegas al colegio". Entonces me desperté y vi a mi peluche al lado y le abracé dando gracias porque él no daba tanta guerra como el de mi sueño. Desde entonces he empezado a pedir una "liguana "o una iguana como dice mi madre...

ME SIENTO AMENAZADA POR...

Me siento amenazada por una chica que es amiga de mi compañero de piso. Ella ha estado durante dos años en la cárcel. Cada vez que él iba a verla, cuando venía me contaba como la había encontrado y yo sentía la amenaza de que su libertad sería mi cárcel, han sido tantas tardes de pizza y Coca-Cola, apoyado en mi hombro, que al final terminé deseando que ella nunca saliera. Pero hoy al llegar a casa, encontré la puerta de la habitación de mi amigo cerrada y el bolso de ella, como testigo de su presencia, en el sofá. Entonces presentí que todo había terminado y que tendría que acostumbrarme a oír sus risas y susurros. Entonces mi propio miedo y frustración me hicieron desear que él saliera y en el momento de cruzar el umbral, el tiempo y el espacio hicieran desaparecer aquélla habitación con los sentimientos de él y con ella para siempre.

TRES CIUDADES Y TRES BEBIDAS

Madrid y el champán

A mí, la Plaza Mayor de Madrid, siempre me recuerda buenos momentos. En Navidad, ya es tradición reunirnos allí con mi familia y recorrer los puestos para ver las figuritas del belén, para nosotros la Navidad comienza casi el día de esa visita y hasta que esto no ocurre no nos damos cuenta que esas fechas están llamando a la puerta.

Por eso hubo otro día que la celebración que se aproximaba no se podía producir en otro lugar más apropiado, fue el día de la graduación de mi hija al terminar su carrera de medicina, encima tuvimos la suerte de que a todos sus compañeros de promoción les pareció estupendo que nos fuéramos a ese lugar.

La tarde estaba preciosa, el sol se asomaba confiado, creo yo que pensando que nunca había visto tanto médico junto, sentado en las mesas de aquella terraza y de pronto nos trajeron la bebida que ineludiblemente sabe a fiesta "el champán", el líquido se desbordaba lo mismo que la alegría de aquéllos jóvenes que con su profesión recién estrenada acababan de hacer su juramento hipocrático llenos de emoción. Y a mi cada burbuja que pasaba por mi garganta acallaba las palabras de felicidad que de no ser así hubieran salido y hasta alguna lagrimilla que asomaba a los ojos, achaqué a la fuerza de las burbujas.

Granada y la Coca-cola

_Desde el instituto en que yo comencé el bachiller en Granada se divisaba la Alhambra, majestuosa y enigmática, encerrando entre sus murallas ocho siglos de cultura árabe, que indudablemente ha quedado impregnada en muchos sitios de esta ciudad pero particularmente en estos palacios con sus jardines.

Aquélla mañana era el día de mi examen de ingreso, yo estaba muy nerviosa , me acompañaba mi padre que no sabía cómo calmarme porque yo a mis nueve años era la primera vez que me examinaba fuera de mi colegio "La Normal", donde me sentía mucho más segura junto a mis profesoras de siempre. Entonces mi padre supongo que para distraerme empezó a preguntarme por   cosas que me gustaban, películas, comidas, bebidas y ahí me vino el sabor de una bebida que yo había probado hacía poco y me había encantado ahí me animé a decirle a mi padre :¿papá si apruebo me comprarás una Coca-cola? A lo que él contestó, si apruebas una y si suspendes dos.

Desde entonces siempre que tomo esta bebida me acuerdo de aquella tolerancia y apoyo de mi padre y es el sabor que encuentro en ese líquido oscuro, comprensión y cariño.

Barcelona y la cerveza

_Recuerdo un viaje que hicimos a Barcelona, yo tenía menos de tres años, recorrimos Montjuich, el Tíboli y muchos lugares preciosos, pero lo que no se me olvida es el día que subimos a Montserrat con un sol de justicia y a mí aquello me parecía que no se acababa nunca, yo veía a las personas que estaban arriba y el alma se me venía a los pies cuando veía lo que me quedaba aún por andar. Yo protestaba y decía ¿Por qué no volvemos otro día? Al fin y al cabo la Virgen está siempre ahí, pero mis padres seguían andando sin hacerme caso. Por fin llegamos arriba y en plena visita a aquel entorno que ahora reconozco era maravilloso, vimos un bar con unas mesitas fuera. E l camarero que tenía mucho público al que atender no terminaba de traernos lo

21

que habíamos pedido, pero de pronto vi en la mesa de al lado un vaso de cerveza fresquita , los trocitos de hielo que se veían en el cristal daba idea del frescor que tenía, a mí la espuma tan blanca me recordó un pedacito de nieve que me pudiera llevar a la boca, así que sin pensarlo dos veces, me fui hacia él y lo cogí , pero tanta fuerza hice con mis dientes para que no me lo quitaran que mordí el cristal quedándome con un trozo en la boca, que nadie encontraba ni en el suelo ni en la mesa, así que temiendo que me lo hubiera tragado acudimos a un servicio médico, donde al desnudarme para reconocerme, encontraron el trozo de copa escondido entre las chorreras de una camisita que yo llevaba. Desde entonces le tengo miedo a la cerveza porque me da la sensación de que me va a traer fatales consecuencias.

CÓMO COMO

Mi marido no soporta comer caracoles. Dice que ver ese cuerpecillo casi gelatinoso con esos cuernos que parecen solo un proyecto, ya le produce náuseas. Hasta las cosas que a él le gustan como el chorizo, o morcilla con que suele acompañarse la salsa, al estar junto a los caracoles, le produce rechazo, como si estuvieran contaminados por los moluscos.

De todas formas a mí me parece que sobre todo lo que menos le gusta es tener que mancharse las manos.

LA CARCEL

¿Conocisteis la cárcel de Carabanchel? Tenéis suerte si no es así Daniel llevaba encerrado allí cinco años, desde una noche que recorrió por primera vez las largas galerías y oyó el terrible chirriar de los cerrojos anunciando que se encerraba dentro de su celda hasta el días siguiente. Había contado tantas veces los barrotes de su ventana que a veces le parecía poder borrarlos con la mirada. Todos estos años los había utilizado estudiando la forma de salir del establecimiento penitenciario que lo tenía apartado del mundo de la forma más cruel y en una situación en que nunca pensó encontrarse.

Cada vez que salía a pasear al patio, mugriento y triste, estudiaba todos los movimientos tanto de los otros presos como de sus guardianes buscando un resquicio en las costumbres de estos que le facilitara la fuga. Había observado varias veces como recogían las sábanas de las celdas en unos cubos enormes, que luego eran trasladados a un camión que la llevaría a la lavandería, pero el problema era que si se metía dentro de uno de esos cubos, al volcarlo, lo descubriría y se irían al traste sus planes. Entonces se le ocurrió envolverse literalmente en sábanas y meterse dentro de un cubo, tapándose con el resto de la ropa. Así llevó a cabo su plan y el corazón se le salía cuando se encontró dentro del camión , ya podía oler la libertad , pero de pronto vio que el recorrido era muy corto y no entendió que estaba ocurriendo y porque se detenían . Entonces se despertó y se encontró de nuevo entre aquéllas cuatro paredes tan odiadas, entre las que quedaban aún tres años para seguir preparando su fuga, pero quizás el plan ya estaba trazado

CONTIERTO EN LA ALHAMBRA

Subimos la inclinadísima Cuesta de Gomérez una calurosa tarde del verano granadino. Nada más cruzar el arco de entrada a la Alhambra , el clima cambia y de pronto la temperatura se suaviza como por encanto. El rumor del agua que corre por sus cuestas te susurra historias de sus antiguos moradores, hasta tal punto que te parece que detrás de cualquier árbol va a salir cuando menos lo pienses una bella mujer con su rostro cubierto, dejando sólo al aire unos ojos negros y profundos que parecen encerrar toda la soledad del desierto.

Estaba atardeciendo y el sol era una bola de fuego que hacía que se acentuara el color rojo de las Torres Bermejas. A los pies de la Alhambra, unos pueblos blancos, como si fueran vasallos que se postraran ante su reina y arriba la sierra , nevada como corresponde a su nombre.

Luego dimos un paseo por los jardines del Generalífe, el olor a jazmín, rosas y todas las demás flores llega un momento que te emborracha y el colorido es tan extraordinario que no envidiaría la paleta del mejor pintor. Estos zapatos me están machacando los pies.

Cuando anocheció nos acercamos al teatro al aire libre donde se iba a celebrar el concierto. A mí esto me recordó a un teatro de cartón que tuve de pequeña sin techo para poder cambiar los decorados. La luna redonda, parecía un enorme foco que iluminara a los músicos. En el cielo se diría que habían volcado un camión de estrellas que pestañeaban curiosas para contemplarlo todo. Y de pronto la orquesta comenzó a tocar, el aire se inundó con su melodía y a mí me parecía estar viviendo un sueño del que no quería despertar. En este ambiente pensé que no era extraño que tantos escritores se hubieran inspirado en este paraje para muchas de sus historias.

EL KIOSKO DE HELADOS

_En medio de la arena de la playa, como si de un espejismo se tratase, emerge el quiosco de los helados. Solo ver las gotas refrescantes de sus anuncios ya promenten que van a saciar tu sed. El tejadito que abarca un poco más del puesto en sí, sirve a modo de visera para preservar los productos que allí se venden, del calor.

Un niño de apenas cuatro años se acercó, su cuerpo era flacucho me ll amó la atención que en lugar de bañador llevaba un pantalón con dos tallas mayores que la suya, su pelo estaba enmarañado y sus manitas bastante sucias. S e dirigió al dependiente y le mostró una moneda que llevaba preguntándole ¿qué helado podrá darme por este dinero?. El kiosquero le indicó un par de ellos que tenían ese valor. Entonces el niño le dijo que quería el que más aguantara sin derretirse. El señor se quedó sorprendido ya que no imaginaba el motivo de ese deseo del niño y le dijo que para que no se deshiciera se lo tenía que comer rápido. A lo que el niño respondió. E para llevárselo a mi abuelito que se ha quedado en casa por no poder andar y tienen mucho calor.

MARINA

Marina tenía chepa, su espalda cargaba con las cosas que habían sucedido en su vida. Un moño le daba aspecto senil ya a los 40. Sus dedos denotaban lo que había cosido. Y en sus ojos había una tristeza infinita.

EL SUSPENSE.

María salió a trabajar hacia la tienda, como todas las mañanas, pero ese día iba pendiente de todos los coches que se le cruzaban, porque el de su padre había desaparecido. Estaba atendiendo a una clienta, cuando oyó una voz masculina "señorita por favor ¿tienen carretes para esta máquina de fotos?", sí naturalmente dijo ella y al volverse por el cristal que había detrás del mostrador le vio hacer un movimiento extraño como si hiciera intención de apropiarse de otra de las máquinas que tenían en el expositor, pero Juan, su compañero que se dio cuenta del movimiento del chaval, se acercó haciendo que este renunciara a sus ideas. Pagó el carrete y se marchó, naturalmente los dos dependientes se acercaron al escaparate y cuál sería la sorpresa de María al ver que el vehículo que llevaba este individuo, era el de su padre. De pronto pensó que estaba obsesionada y le parecía estar viendo algo que no podía ser tanta casualidad, no esperó ni a ver la matrícula porque en el lateral llevaba un dibujo identificativo, así que no lo pensó y salió a toda prisa de la tienda corriendo calle abajo sin perderlo de vista. La comisaría de la guardia civil estaba en la misma calle Alcalá a unos doscientos metros, ¡qué lejos está lo comisaría! pensó, no voy a llegar a tiempo. El ladrón avanzaba despacio debido al tráfico y a que se encontraba totalmente ignorante de que lo habían descubierto. Al llegar al cuartel había un guardia civil en la puerta, al verla llegar pensó que algo ocurría, la conocía por ser cliente habitual de la tienda y apenas le dio tiempo a preguntarle qué pasaba porque María le gritaba, "nos han quitado el coche y lo viene conduciendo un chaval,el agente no lo dudó se acercó al conductor y le dio el alto, pero al solicitarle la documentación, el delincuente que debía tener experiencia en este tipo de situaciones arrancó y el

29

guardia quedó derribado en el suelo. Alertados por los gritos de la gente, salieron los compañeros del cuartel y algunos se quedaron atendiéndolo, ya que se dolía del hombro, más tarde nos enteraríamos que tenía la clavícula rota. De pronto un hombre salió de un coche gritando "María, sube que te llevo, que vamos a ver si abandonan el coche en cualquier sitio que será lo más fácil después de lo que ha ocurrido". A duras penas y sorteando coches que los miraban enfadados persiguieron al fugitivo que solo miraba a ver si le perseguía la policía, porque ellos no existían para él. Continuó hasta el barrio de Pegaso y allí trató de ocultarse amparándose en la arboleda que hay en la Alameda de Osuna, pero la policía ya había recibido aviso y con las indicaciones de ellos y otros testigos que lo habían visto correr hacia allí, lo detuvieron bastante pronto. Tuvo que afrontar un juicio no tanto por el robo del vehículo sino por la agresión a un miembro de la guardia civil. María recuperó el coche y pasados ya los malos ratos, cuando se encontraba con alguno de aquéllos que fueron testigos del hecho le decían que si es que se iba a dedicar a perseguir delincuentes.

CONCURSO CANINO

Me gusta tanto mi perro que siempre quise que todo el mundo pudiera apreciar su gran destreza al contonear su cuerpo reptando, para después poner el pecho al aire.

Tengo álbumes enteros con todas las fotos de las distintas etapas de su desarrollo.

Paso a paso y con mucha paciencia fui modificando su comportamiento sobre todo con reforzamiento positivo y con comida que tenga componentes especialmente ricos para su paladar.

Cuando ya lo creí preparado lo inscribí en un concurso "Al mejor cachorro" que organizaba una asociación canina después de analizar muy bien la normativa y entender que él estaba preparado.

Al llegar el día tan deseado estaba nerviosa por si fallábamos. La correa que siempre parece una continuación de mi brazo le debió trasmitir mi nerviosismo porque él que siempre se comunica bien conmigo y con los otros perros, estaba como perdido, no sabía hacia dónde mirar y temí que en cualquier momento saliera corriendo, arrastrándome en su carrera. Entonces recordé como empezábamos cada día el entrenamiento, yo me ponía en cuclillas y él se revolcaba en el suelo para después ronronear de puro placer, empezando con sus corretos iniciales. Al verme agachada, se revolcó como si al restregarse contra el césped hubiera dejado allí todo su nerviosismo. Yo pensé que ya estaba todo encarrilado y que él se comportaría tan bien como yo esperaba. Pero de pronto uno de los perros tiró uno de los obstáculos al pasar y al mío no se le ocurrió otra cosa que traerme con gran orgullo el palo, que el otro había tirado, consiguiendo así su descalificación y las risas del público.

Al terminar en las caras de los entrenadores se veía claramente si habían ganado o perdido por la sonrisa que llevaban o el gesto adusto, pero conmigo nadie pudo adivinar el resultado, porque todavía me reía de la reacción que él había tenido y de ver lo orgulloso que iba al notarme a mí contenta.

CUMPLE CON ALEMANES

Tengo una hija que con 21 años se fue a vivir a Alemania. A mi aquello me destrozó mentalmente. Recuerdo cuando me despertaba por la noche y sabía que ella estaba a 2.000 Km. En un país extraño, sin conocer el idioma, y la veía tan indefensa como cuando nació tan pequeñita.

Esto ha sido así durante 12 años, cada vez que han venido no he podido ir al aeropuerto a despedirlos porque el disgusto de verlos partir, siempre me parece que no compensa la tristeza de quedarnos otra vez sin ella. Pero cuando anuncian su llegada nos volvemos a poner locos de contentos.

El otro día era mi cumpleaños, yo esperaba la resto de la familia a cenar, los perros estaban nerviosos, el aire estaba raro, yo lo achaqué al nerviosismo por la preparación de la cena, pero de pronto un taxi paró delante de mi puerta y como si de un sueño se tratase bajaron mi hija y su novio con una pancarta que decía: FELICIDADES MAMA. Y fue el "FELIZ CUMPLEAÑOS" más alucinante de toda mi vida.

EL NÚMERO 16

La casa era muy grande, algunas habitaciones estaban cerradas desde hacía tiempo y las sábanas que cubrían los muebles también tapaban las historias vividas en esas estancias, pero había una, cerrada a cal y canto y sólo Pedro, el dueño de la casa tenía la llave para poder entrar cosa que sólo ocurría cada 16 de Enero a las 16 horas puntualmente.

Luisa iba a limpiar dos veces por semana, toda la casa excepto la habitación que tenía cerradura, ella estaba intrigada por el motivo que hacía entrar a Pedro, sólo la fecha y hora determinada. Un día que fue un sobrino del dueño de la casa, Miguel, Luisa le comentó que porqué sucedían estas visitas por parte de su tío a aquella habitación, me sorprende que solo entre en esta fecha , le dijo, esto es una larga y triste historia, contestó Miguel, Pedro estuvo muy enamorado de una joven ,Begoña, siendo correspondido por ésta, pero el padre de ella se oponía a esta relación, por lo cual para separar a los amantes decidió llevarse a su hija a otro país, pero mi tío enterado de sus intenciones convenció a su chica para que huyera con él . Cuando se despidieron ella le dijo, mañana nos reuniremos y yo siempre recordaré el día 16 de Enero a las dieciséis horas como el principio de mi felicidad, pero no sabía que era la última vez que vería a Pedro. Para que nadie sospechara viéndole rondar la casa de la joven quedó en enviarle un cochero para recogerla y que la trajera a casa y poder huir juntos, pero el chofer después de esperar bastantes horas, volvió sin su pasajera en la fecha y hora acordadas. Pedro se sintió muy decepcionado, mientras se quedaba en aquélla habitación con una maleta y un ramo de rosas. A los pocos días descubrieron que el padre de Begoña había descubierto su plan y al querer retenerla, esta había caído por la escalera, perdiendo la vida en su caída. Desde entonces año tras año, mi tío entra en la

34

habitación hasta que anochece y vuelve a sufrir lo mismo que la primera vez que se quedó esperando.

Después de tener conocimiento de estos amores tan desgraciados la curiosidad de Luisa se acrecentó, por lo que el día 14 de Enero que le tocaba ir a limpiar, puso una excusa al dueño de la casa para encontrarse allí el día señalado, a este no le hizo mucha gracia, pero pensó: después de todo ya ha estado aquí otras veces en esta fecha, ¡Qué vamos a hacer! Y aceptó. Ni que decir tiene que conforme se acercaba la hora Luisa estaba pendiente para que en cuanto oyera la llave en la cerradura, acercarse y ver si podía ver algo, pero justo cuando el reloj marcaba las cuatro sonó el timbre de la puerta, se dirigió a abrir, pero no vio a nadie, sólo un aire frío entró al abrir oyéndose un portazo a continuación en la puerta de la habitación que ella vigilaba, cuando regresó, ya Pedro se encontraba dentro y ella había perdido la oportunidad de echar un vistazo aunque hubiera sido breve.

Pasaban las horas de una tarde que a Luisa se le antojó eterna, pero la puerta no se abría, llamó a la puerta primero tímidamente, después la aporreó y por último acompañó los golpes gritando el nombre del señor de la casa. Viendo que éste no respondía, se preocupó y llamó a Miguel que no tardó en presentarse y como no tenía llave dio una patada a la puerta que se abrió sin mucha dificultad, lo que vieron les heló la sangre, todo estaba en orden solo el espejo estaba roto como si una figura humana lo hubiera atravesado y enganchados a los tozos de cristal que aún continuaba en la pared había unos restos de rosas secas y girones de una vieja maleta.

ELEGIA-LA PROFESORA

Se llamaba Esperanza, impartía clase en La Normal de Granada, era sobrina de Pío Baroja, no sé si por eso amaba la literatura con esa fuerza que nos transmitía al mismo tiempo que su risa. Si alguien tiene la culpa de mi amor por la lectura, junto con mi padre, es ella. Iba impecablemente vestida. Era menuda y pequeñita hasta el punto de parecer desvalida, pero cuando se plantaba delante del encerado y comenzaba a explicar, su figura se agigantaba. Se preocupaba de sus alumnas hasta límites insospechados. E l último curso que estuve con ella yo tenía nueve años, entonces si estabas allí hasta los catorce años terminabas con el certificado de estudios primarios, pero ella llamó a mis padres y les aconsejó que me presentase al examen de ingreso para entrar al instituto "Aquí hay una buena tierra" les dijo "y sería una pena no abonarla para que dé fruto". Mis padre siguieron su consejo y en el verano ella misma nos dio clases a unos cuántos niños del barrio y en Septiembre aprobé mi examen.

Sus ojos eran tan dulces que solo con mirarnos nos desarmaba y terminaba descubriendo nuestras travesuras "inconfesables." Un día a la hora del recreo, nos fuimos al patio de los chicos y por uno de los pasillos empezamos a pelearnos, el cabecilla que era un niño mal encarado y travieso empezó a pegarle patadas a mi mejor amiga,"las chicas no podéis estar aquí, sois unas marimachos" no lo pensé dos veces y me fui a por él con tal furia que para nada él esperaba, cayó al suelo haciéndose daño en el brazo."Pues esta marimacho te ha vencido," le dijo uno de los chicos Yo misma cuando le vi que se quejaba me asusté porque su madre tenía fama de haber discutido ya con alguna madre cuando le pasaba algo a su hijo y yo pensaba en mi madre que era incapaz de enfrentarse con nadie y menos en una pelea. Así que salimos corriendo y les hice prometer a todas que no dirían nada de lo sucedido."De esto ni palabra, porque si no, no vuelvo a participar más en ninguno de los juegos" Pero yo no sé si de los nervios o el miedo, sólo pensaba en mi madre teniendo que aguantar los gritos y hasta una paliza según yo veía en mi imaginación y empecé a llorar. Dª Esperanza se acercó solícita ¿Qué te ocurre?, me preguntó ¿Te encuentras mal?, yo como excusa le expliqué que me había cogido un dedo con una puerta , yo frotaba el dedo y este se iba poniendo rojo, así que ella cariñosamente me acompañó al servicio y me estuvo mojando el dedo hasta que cesaron mis lágrimas. Fue la única vez que alguien me quitó un berrinche humedeciéndome una mano. Pero a lo largo de mi vida he recordado, muchas veces, siempre con cariño, las horas que pasé en aquél aula con ella y muchas de las cosas que nos enseñó aparte de las estrictamente académicas.

HUMOR

Juan, primo de mi padre era opulento hasta en su forma de hablar, su coche era un bólido que corría como la velocidad de la luz, su casa una mansión que querían alquilarle para estancias de personalidades y sus trajes hechos por DIOR, a lo que por lo bajo un primo mío siempre añadía "sepu dior de donde serán los trajes ". Un día de Navidad nos invitó a comer en su super casa, contrató una camarera para que sirviera la mesa que era casi más grande que el salón y en el trascurso de la comida, cuando no estaba alabando el especialísimo menú que nos había puesto, no paraba de contarnos grandezas a cerca de su trabajo" es que soy la mano derecha de mi jefe", yo pensaba "igual es zurdo porque si no, no lo entiendo "No sabe qué hacer sin mí. Trabajaba en la Tabacalera y siempre se jactaba de hacer y deshacer para admitir personal. ¿Conocéis al hijo de Elvira? , si el ingeniero, pues ese está trabajando en la tabacalera, gracias a mí. Se ve que los años de universidad no se podían comparar con la importancia que tenía su ayuda, y su mujer, añadía ,como aquí no tenía plaza hablé con un cliente nuestro que me debía favores y la colocó ganando un dineral, al menos en el nivel de ellos es una cantidad sustanciosa. . Así se pasó todo el tiempo, todos nos mirábamos porque no veíamos la hora de perderlo de vista y dejar de oír sus fanfarronadas y en esto estábamos cuando se abrió la puerta y acompañada por la camarera entró una señorita que se dirigió con mucha familiaridad a Juan y le dijo. Que me ha dicho D. Sabino que fuera a casa del conserje a recoger las llaves, así que aquí me tienes a recogerlas. Así que Juan hubiera querido que se lo tragara la tierra y nosotros no pudimos aguantar la risa.

ADIOS A LA TRISTEZA

Cerré la puerta despacio, sin hacer ruido y dejé atrás los tres últimos años de mi vida llenos de malos tratos y experiencias tristes. Sentí miedo pensar cuando él volviera y se diese cuenta que me había ido. Pero para entonces yo estaría lejos y comenzaría una vida nueva. Tantas veces había imaginado poder sentirme libre y no vivir en el miedo a oír que abría la puerta que no pude evitar una sonrisa esperanzada y que el corazón palpitara con una fuerza especial. El mundo podía ser de nuevo maravilloso y yo podría recobrar mi autoestima y mis ganas de vivir.

CARMENES

¿Habéis oído hablar de los cármenes de Granada? Son las casas-jardines típicas de allí. Al pasar por la calle, nadie diría que esas sobrias tapias encierran tanta belleza. Una puerta pequeñita, casi humilde diría yo, da paso a un largo camino que lleva a la casa. A lo largo de este recorrido hay muchas flores que te reciben alegremente, derrochando aroma y color.

Recuerdo en las tardes de verano cuando jugaba con mis amigas en la parte del huerto, correteando entre los árboles frutales. El sol por entre sus ramas daba brillo a nuestras cabecitas infantiles y allí imaginábamos que estábamos rodando una película, casi siempre de Mari-Sol y cada una tenía un papel asignado, que trataba de defender como mejor podía. La directora era Elena y de pronto en su carita redonda creíamos ver un bigote que daba seriedad a su personaje. Sus piernas flacuchas a nuestros ojos se convertían en dos muslos recios y fuertes , con los que daba grandes zancadas , cada vez mayores si nos confundíamos , hasta la voz nos parecía varonil cuando nos reñía por algo, sobre todo si a alguien le daba la risa, cosa que ocurría con más frecuencia de lo que ella hubiera deseado.

Cierto día y cuando una de las "escenas" exigía que yo me subiera a un árbol, escogí uno más bien pequeño para que me fuera más fácil encaramarme a él, pero no calculé que al ser de menor estatura, sus ramas también eran más débiles y con mi peso cedió y se partió con tan mala suerte que me fui a dar con la cara en una piedra que se tiñó de sangre. Nunca olvidaré las caras de mis amigas cuando se dieron cuenta que estaba herida y aún hoy que han pasado muchos años, cuando nos reunimos, me recuerdan el susto que les di.

JUEGO PELIGROSO

En la puerta había una gorra negra, significaba que yo no entraría a la habitación, y me perdería sus caricias a los pies de la cama. La primera vez que me crucé esa gorra en mi camino, para mí fue un día nefasto, soy un cachorro que solo llevo en esta casa una semana. Aquélla tarde estaba dormitando a los pies de "ella" que fue la que me trajo a casa, cuando de pronto vi pasar la dichosa gorra negra deslizándose por el suelo. No pude resistirme y fui a atraparla, como iba a imaginar que debajo estaba su gatito preferido.

21-7-09

EL TINTERO

Yo acababa de cumplir tres años. Aquél día era muy especial, ¡se casaba mi tía Angusti! , yo nunca había ido a una boda, a comuniones y bautizos sí, pero no a un "enlace matrimonial" como decían los mayores. Para esa fecha nos habían hecho a mi prima y a mí unos vestiditos iguales, de puntilla, blancos a juego con unas chaquetitas de perlé con zapatos y calcetines del mismo color, por lo que parecíamos dos copitos de nieve. Mi madre me vistió la última, para que no me manchara y cuando ya estuve, le dijo a mi padre vigílala que voy a terminar yo de arreglarme y nos vamos. Mi padre en todas las fiestas familiares leía algo escrito por él y en aquélla ocasión no podía ser menos, así que se dirigió a su "despacho" como él llamaba pomposamente a una habitación que había muy pequeñita, pero llena de libros casi todos de segunda o cuarta mano, a mí aquélla sala me parecía mágica, mi padre se pasaba horas y horas con sus libros y yo pensaba: "deben ser interesantísimos para que él se pase tanto tiempo mirándolos". Así que en cuánto lo vi dirigirse hacia allí me fui detrás de él como hacía siempre. Se sentó delante de una gran mesa, o al menos era grande para el reducido tamaño del habitáculo y empezó a repasar el texto que más tarde arrancaría como siempre los aplausos de la familia y que a mi abuela siempre le hacía llorar, yo no sabía muy bien porqué. Pero al comenzar a escribir vio que su pluma no tenía tinta y abrió el tintero para recargarla. En ese momento llamaron a la puerta y mi madre desde el dormitorio le pidió que fuese a abrir ya que ella no podía. La tentación fue para mí enorme, allí estaba el tintero sin el tapón que siempre cerraba mi padre tan fuertemente ¿cómo lo habrá dejado sin cerrar?, yo lo haré", pero al cogerlo sentí un olor buenísimo y yo que era muy dada a probar todo me lo llevé a la boca para echar

42

un traguito, ¡pero qué horror!, el sabor era malísimo y empecé a toser, mi padre llegó

corriendo, pero ya era tarde, una mancha azul se deslizaba por mi impoluto vestido

llegando hasta mis zapatos que también pillaron. No hace falta que cuente la que se

organizó, lo primero empezaron a limpiarme la lengua que estaba completamente

azulada. Me cambiaron de ropa, poniéndome otra mucho menos elegante. Cuando

llegamos a la iglesia, ya habían entrado todos y una de mis tías le preguntó a mi

madre qué había pasado y porqué iba yo vestida así, mi madre en voz baja le

contestó"luego te cuento porque esta nos ha liado una de las suyas. "esta

"naturalmente era yo, mi prima estuvo todo el día pavoneándose de que iba más

guapa , pero a mí en el fondo me gustó más ir vestida distinta a ella y no llevar un traje

con tantos encajes y tantos lazos, encima me dediqué a enseñarles la lengua a toda la

familia, casi orgullosa de mi hazaña.

EL REENCUENTRO

Nos revolvía el perlo con cara de contento, cada vez que mis primos o yo íbamos a visitarlo y siempre nuestros cabellos acababan alborotados.

En casa de mi abuelo había un patio andaluz, con una gran palmera en el centro. El y mi abuela nos esperaban siempre con gran ilusión, ella con su moño de siempre y con un delantal que lo mismo servía para enjugar lágrimas que para limpiar alguna herida. El con un gran bigote, del que mi abuela no parecía ser consciente, porque una vez fueron preguntando por él y como no sabían el nombre le dijeron:¿su marido es el del bigote? A lo que mi abuela contestó, pues ahora mismo no sabría decirle y es que después de criar a ocho hijos la mujer no tenía tiempo de saber si su marido tenía bigote o no.

Hoy he vuelto a ese patio después de muchos años, mis abuelos ya no existen más que en nuestro recuerdo y al entrar, una ráfaga de viento ha despeinado mi cabello y he sentido que alguien estaba esperando mi regreso.

CAMBIO DE VIDA

Aquélla era la última noche que Sol de Oriente pasaría en la casa en que había vivido sus once primeros años. Este tiempo había trascurrido en las montañas de Tien Shan un pueblo de China, había estado rodeada de toda su familia y con un paisaje que era capaz de reconocer con los ojos cerrados. Aún no se había ido y ya echaba de menos los paseos junto a su abuelo bajo los cerezos donde ella practicaba el nhu shu o lenguaje de los abanicos que era típico en esta región entre las mujeres y consistía en enviar mensajes escritos en los abanicos. A otro día se irían al otro extremo del país a una zona de playa en Penglai, para que su padre se dedicase al negocio de la sal.

Pasó a despedirse de sus abuelos que vivían en la casa contigua a la suya. Su abuelo al despedirse de ella le revolvió el pelo y le dijo: "adiós mi Sol, que era como siempre la llamaba".

Durante el camino a su futura ciudad no podía dejar de llorar y a medida que se alejaba sentía que girones de su vida se iban quedando enganchados a los árboles del camino, por lo que le resultó un viaje difícil de olvidar.

Cuando llegó a su nueva casa no mejoró su ánimo, eran unas habitaciones oscuras y húmedas que no tenían nada que ver con la luminosidad y alegría que tenía su antigua morada. Pero no sabía que las cosas iban a ir a peor. Cuando intentó enseñarles a sus nuevas amigas el Nhu Shu , lenguaje que era desconocido para ellas, éstas se burlaron y no quisieron escucharla, por lo cual se sintió bastante apartada.

Un día vino una de sus vecinas y le contó que había una mujer en el pueblo que recibía malos tratos de su marido y como éste no la dejaba comunicarse con sus padres estos no se enteraban de nada, entonces se les ocurrió enviarle uno de estos abanicos a la madre con la excusa de que era la fiesta de las flores y las hijas en estas fechas hacían regalos a sus progenitoras , en este abanico le puso un mensaje de socorro y sus padres fueron a por ella y se la llevaron a casa. Al encontrar utilidad a este idioma empezaron a tomarla en serio y se dedicó a escribir historias en los abanicos que las mujeres de regalaban unas a otras, estas historias eran tan bonitas que desde entonces le llaman "la contadora de historias".

Pasaron muchos años hasta que pudo volver a sus montañas en Tien Shan, ya sus abuelos habían muerto, pero ella quiso entrar en la casa de ellos y al ver aquel patio que ahora le parecía mucho más pequeño, una ráfaga de viento le revolvió el pelo y le pareció oír una voz conocida que le decía"bienvenida a casa mi Sol".

EL DIA DEL NOMBRAMIENTO

Aquélla mañana Andrea se levantó muy ilusionada, estaba convencida de que su vida iba a dar un cambio total, el sonido del despertador le pareció más amable que otras veces. La verdad que merezco ese puesto, todo este tiempo me he matado por ser más eficiente que nadie, no he faltado nunca al trabajo, cuando el niño ha estado enfermo lo he solucionado dejándolo con mi madre, además D. Facundo siempre dice que soy sus pies y sus manos y en cierto modo es así, porque todo el día me está llamando para cualquier documento que tenga que buscar, o cualquier gestión que haya que hacer. En fin, voy a intentar ponerme guapa para la ocasión. La verdad que no sé qué ponerme, este traje es demasiado serio, aquél demasiado frívolo, hasta en eso tienen suerte los hombres, su traje, camisa, corbata y todo solucionado.

Después de muchas dudas sobre todo lo que debía hacer ese día, porque no quería que nada pudiera estropearlo, se dirigió al coche para hacer el recorrido de todo este tiempo. Al llegar al final de su calle se encontró con un camión atravesado que no permitía el paso de los coches. Se organizó un buen concierto y no agradable precisamente, se oyeron insultos, voces y pérdida de nervios a lo que el camionero, un hombre rudo y grandote contestó con gran cachaza "si sólo son cinco minutos, vaya prisa que lleváis", pero lo cierto es que no fueron cinco minuto sino veinte exactamente que a Andrea le parecieron veinte horas.

Cuando llegó a la oficina ya no podía disimular los nervios, se acercó a su compañera y le preguntó por el jefe. D. Leandro no ha llegado aún. Le dijo con una voz casi nasal, aquélla mujer que tenía una nariz aguileña, que a Andrea siempre le hacía recordar a un loro que tenía su abuela , pero sobre todo porque era igual de

cariñosa que el animalito y siempre estaba pendiente del estado de ánimo de sus

compañeros, lo que hacía que todo el mundo le tuviera simpatía. Menos mal, pensó

Andrea, que se retrasa como siempre así puedo serenarme un poco. Se acercó a la

máquina de café donde estaban dos compañeros, Víctor un pipiolo de veinte años y

José que tenía cerca la jubilación. Pues sí, estaba diciendo Víctor, es cierto que

tengo muchas posibilidades de que me den ese puesto, nadie como yo con ese

empuje y savia nueva para llevar ese departamento. Bueno, contestó José, para mi

carrera profesional sería el colofón ocupar ese puesto los dos años que me faltan

para la jubilación y no olvides que la experiencia es un grado. Estaba claro que todo

el mundo estaba hoy pendiente de lo mismo, ella no quiso hacer comentario alguno

y se retiró con su vaso de café utilizándolo como un bebedizo de buena suerte

porque le iba a hacer falta.

Al final llegó el jefe y llamó a Andrea con un tono especialmente simpático. ¿Me

puede traer el expediente de Víctor, por favor? Andrea se dirigió a los archivos y

entró rápidamente en el despacho de nuevo. Vamos a ver Andrea, como sabrá hoy

es un día importante para esta empresa, llevábamos tiempo valorando quién

ocuparía este puesto y al final hemos decidido que la persona idónea es Víctor. Ella

se quedó tan sorprendida que los papeles volaron por los aires como si se negaran

a participar en ese atropello.

-¿Pero como Víctor?

-Naturalmente, le contestó el jefe con tono condescendiente, es un chico joven al que hay que darle un empujoncito para que forme su familia, usted sabe que yo soy un defensor a ultranza de ello.

– ¿Pero y yo, que ya la tengo formada?, replicó ella.

-Usted debe relajarse y ocuparse un poco más de su hijo porque con tantas horas de trabajo no tendrá mucho tiempo para verlo.

- Pero yo me he matado estos años para conseguir ese puesto, estoy más preparada que él. Entonces qué me voy a quedar ¿de secretaria de Víctor?

-No. El ya ha manifestado que tiene su propia secretaria y usted pasará a la oficina con el resto de sus compañeras.

- Entonces renuncio, ya no es sólo que no ascienda, sino que salgo perdiendo en el cambio.

- Pues mire yo no quería decírselo, pero usted tendrá que tener otro hijo, no se va a quedar con uno sólo, así que probablemente lo mejor será que se quede en casa unos años hasta que sus hijos estén criados.

No pudo evitar Andrea recordar un documental que había visto días antes en la tele en que los pájaros que había en un nido, tiraban al suelo a los más débiles para alimentarse ellos con el alimento de estos. Y se sintió como un pajarillo extremadamente débil.

LA CARCEL CUENTO

María fue desafortunada desde su nacimiento. La mayor de tres hermanos, con un padre muy autoritario y responsable desde la cuna, sobre todo de su hermana. Cuando era muy pequeña, el poco tiempo que fue al colegio su padre la acompañó al maestro con una Biblia y le dijo que sólo quería que supiera leer en ese libro, que contenía todo lo que ella debería saber.

Con esta perspectiva en cuanto pudo pasó de la autoridad de su padre a la de su marido que no demostraba tener muchas más luces que su progenitor. Un marido celoso, sin ningunas ansias de prosperar en la vida con el que tuvo diez hijos, lo que no le permitía a la pobre tener nada más que trabajo, aún así, como él era albañil, le ayudaba a construir las casas, cuando las tenía terminadas las malvendía y volvía a llevar a toda su prole a otra nuevas casa por empezar y a pasar calamidades.

Un día llegó un caballero preguntando por su marido y le dijo ¿Cuál de los hermanos Moreno es su marido, el del bigote? y ella con su gracia andaluza le respondió.

-Ahora mismo no podría yo decirle si mi marido lleva bigote o no. Esta anécdota no da cuenta del tipo de relación que tenía con su cónyuge.

Así iban pasando los años para María entre calamidades y fallecimientos de tres de sus hijos, los tiempos no eran buenos y menos para una familia tan numerosa

.Entonces se le presentó a María una de las situaciones más tristes de su vida y que iba a marcarla para siempre.

Aquél día había amanecido especialmente bonito, sol de Granada, brillante y limpio. Ella empezó bien temprano con su tarea diaria: traer el agua, encender la hornilla de carbón, barrer y fregar unos suelos ásperos como la vida que le tenían las manos siempre estropeadas de restregarlos con estropajo. Pero estaba contenta hacía ya un mes que su hermano José le había mandado una carta desde París diciéndole que iba a venir a visitarlos por estas fechas con su mujer y su pequeña hija de tres años. Hacía cinco años que los hermanos no se habían visto. Él se fue a Francia buscando trabajo y ampliar horizontes un poco, allí conoció a la que sería su esposa y las cosas no le habían ido mal. Su corazón saltaba cada vez que pensaba que iba a conocer a esa sobrina que su padre describía tan linda en sus cartas y que ella deseaba abrazar.

De pronto el cartero irrumpió en el patio donde María estaba barriendo y le entregó una carta. Al tocarla ella notó como si le quemara la mano y la asaltó un mal presentimiento, éste se confirmó al leer aquéllas letras inseguras de la caligrafía de su hermano. Su mujer había fallecido y se encontraba en una tierra extraña con una niña de tres años y sin saber qué hacer.

María le contestó inmediatamente que volviera a España y ella criaría a su hija junto con los suyo y no estarían solos. Trae a tu hija, le decía su hermana, que se criará con los míos y no echará de menos no tener otros hermanos, te tendrá a ti y yo procuraré cuidarla como uno de los míos, más si cabe por haber perdido a su madre a los tres años. Pero la guerra les tenía preparados otros planes, y su hermana ignoraba los problemas que le iba a dar esa niña y que a su hermano lo

llamaba a una vida terrible escondido de su propia hija, ya que no podían confiar

en la discreción de una niña tan pequeña y que cualquier información que saliera

de aquélla casa a cerca de la existencia de José, diera al traste con todos los

cuidados que habían puesto en esconderlo.

Era Septiembre de 1939, el otoño se acercaba a pasos agigantados , pero para José

daba igual la estación del año que fuera, llevaba escondido un año viviendo en el

desván de su casa que era a la vez cárcel e isla de salvación para poder conservar

su vida, ya que si lo encontraban esta no valdría apenas nada. Muchas veces se

lamentaba de ser un preso que no tenía derecho ni a la mayor aspiración de éste

que era escaparse, él nunca podría hacerlo porque aunque allí no estuviera

totalmente seguro, tenía toda la inmunidad a la que podía aspirar.

Muchas veces cerraba los ojos y se imaginaba la última temporada que había vivido

en París junto a su mujer y su hija, los paseos por los Capos Elíseos y lo pequeñita

que parecía la niña junto a la Torre Eiffel, pero desgraciadamente su mujer falleció

y el buscando el consuelo y la ayuda de su hermana había vuelto a España. Por

las noches desde un ventanuco, José veía la luna y soñaba con llegar hasta ella y

sentado junto a su hija poder contarle uno de esos cuentos tan bonitos, que siempre

tenían un final feliz, pero la vida casi nunca nos ofrece finales felices y su prisión no

terminó con una liberación y aquélla niña no volvió a escuchar ningún cuento más

en boca de su padre.

MARÍA

María fue desafortunada desde su nacimiento. La mayor de tres hermanos, con un padre muy autoritario y responsable desde la cuna, sobre todo de su hermana. Cuando era muy pequeña, el poco tiempo que fue al colegio su padre la acompañó a ver al maestro y le dijo:

Esta es mi hija, aquí le traigo esta Biblia para que sólo sepa leer en ella. Esto es todo lo que ella tiene que saber. A lo que el buen hombre sorprendido le contestó que cuando supiera leer allí ya lo haría en cualquier libro. Esta respuesta no le gustó mucho al padre, que se imaginó a su hija leyendo todo tipo de novelas, pero la dejó un poco de tiempo en el colegio, sobre todo porque así cuidaba de sus hermanos más pequeños.

Con esta perspectiva en cuanto pudo, pasó de la autoridad de su padre a la de su marido, que no demostraba tener muchas más luces que su progenitor. Un cónyuge celoso, sin ningunas ansias de prosperar en la vida con el que tuvo diez hijos, lo que no le permitió a la pobre tener nada más que trabajo, aún así, como él era albañil, le ayudaba a construir las casas, cuando las tenía terminadas las malvendía y volvía a llevar a toda su prole a otra nueva casa por empezar y a pasar calamidades.

Un día llegó un caballero preguntando por su marido y le dijo ¿Cuál de los hermanos Moreno es su marido, el del bigote? y ella con su gracia andaluza le respondió.

-Ahora mismo no podría yo decirle si lleva bigote o no. Esta anécdota da cuenta del tipo de relación que tenía con su pareja.

En una de las temporadas que su marido se encontraba sin trabajo en la construcción, decidieron poner una carbonería. Cuando María atendía al público siempre tenía más venta, pero como tenía que pasar demasiado tiempo en casa para atender a toda su familia, las ventas bajaban enormemente, entonces él, que era desconfiado por naturaleza, se escondía debajo del mostrador para ver qué pasaba, sospechando que ella pudiera ser más benevolente con el peso y al llegar las clientas y verla sola, siempre se alegraban.

-Qué bien, María que estás tú en la tienda porque tu marido es muy antipático y hasta un poco tacaño, creo que nos sisa en el carbón.

-No mujer, será que te parece a ti porque la balanza es la misma y los dos la usamos igual.

-De todas formas nos gusta que nos atiendas tú y no soy la única parroquiana que lo dice.

Esto hacía que él se pusiera furioso y que María se llevara una buena bronca, pese a haber estado todo el día vendiendo. Ella humilde, le contestaba que eso era cosa de las mujeres que le decían estas cosas por hacerle sentir a ella importante.

Para añadir más tristeza a su vida tuvo que sufrir la pérdida de tres de sus hijos. Por muchos años que pasaran ella no dejaría de recordar estas tres muertes y siempre las relataba en el orden en que se habían producido, con una mirada tan triste que parecía que los hechos hubieran ocurrido el día anterior:

-Con ocho meses se me murió "mi Antonio", el primer hijo que tuve. Con siete años "mi Angustias". Había estado toda la tarde empeñada en ponerse para jugar en casa un abrigo que yo le había hecho y naturalmente no la dejé, no sabía cuando conseguiría tela para hacerle otro y había que cuidarlo. A otro día enfermó y después de una semana en cama, falleció sin estrenar el dichoso abrigo. La Mayor, María, tenía un carácter muy alegre y todo el mundo la quería. Su novio se fue a la legión y ella escribía cartas para sus novios a otras chicas que estaban en esa misma situación, y eran tan simpáticas las misivas que luego esos militares venían a conocerla. Un día fuimos a visitar a una tía suya que estaba en un convento de clausura y le dijo a María que porqué no ingresaba con ellas, que el mundo no era un buen lugar para una criatura tan angelical como ella. Pero María, con aquella risa que parecía un cascabel, le contestó "si yo vengo aquí cambio el convento de arriba abajo y la verdad no creo que me dejaran".

Cuando su novio regresó decidieron casarse en el mes de Septiembre. Estaban muy enamorados, un mes antes de la boda, ella se fue a limpiar la casa y cuando regresó me dijo que no se encontraba bien, habrás cogido frío, le respondí, pero el frío que traía era mortal y a los tres días le daban sepultura con su traje de novia. Parecía que estaba dormida, con sus largas pestañas y aquélla carita redonda de pan recién cocido, daba la impresión de que hasta la muerte sentía pena de poner sus huellas en aquélla criatura. Fue mucha gente a su entierro y nos dejó destrozada a su familia, a su novio y a todo el que la conoció. Yo desde entonces ya no me quité el luto en toda mi vida.

Eran años de mucha pobreza y las enfermedades no se atendían como ahora. En una ocasión que tenía dos hijos muy enfermos fue a un hospital y le dijeron:

podemos atender a uno de los niños, pero a los dos no y ella les dijo, elija usted porque yo no soy capaz de decirle a quién hay que dejar sin atención médica. Tanta pena le dio al médico que los pasó a los dos, ella abriendo su delantal, destapó a los chiquillos que llegaban con una fiebre muy alta. Ese delantal era casi mágico, igual servía para secar unas lágrimas que para taponar la sangre de una herida mientras llegaban a la Casa de Socorro a curarla, que con tantos niños más de una vez hubo que salir corriendo.

Así pasaban los años para María entre calamidades, los tiempos no eran buenos y menos para una familia tan numerosa. Entonces se le presentó a ella una de las situaciones más tristes de su vida y que iba a marcarla para siempre.

Aquél día había amanecido especialmente bonito, sol de Granada, brillante y limpio. Ella empezó bien temprano con su tarea diaria: traer el agua, encender la hornilla de carbón, barrer y fregar unos suelos ásperos como la vida misma, que le tenían las manos siempre estropeadas de tanto restregarlos con estropajo. Pero estaba contenta, hacía ya un mes que su hermano José le había escrito desde París diciéndole que vendría a visitarlos por estas fechas con su mujer y su pequeña hija de tres años. Hacía cinco años que los hermanos no se habían visto. Recordaba el día que José llegó a casa diciendo que iba a emigrar a Francia. La abuela Elisa se echó a llorar:

Pero hijo, como te vas a ir tan lejos, sin conocer a nadie allí, no sabes el idioma y allí la gente debe ser muy distinta a nosotros. A la pobre mujer le debía parecer que se iba a vivir a otro mundo, extraño y tenebroso, que nada bueno le podía dar. María la consoló:

-No se preocupe madre, ya verá como allí le va bien, aquí ya el trabajo escasea tanto que a duras penas se gana para comer y él ahora es joven y puede tener oportunidad de prosperar.

-Si hija, pero si se va, se olvidará de nosotros y además quién me va a traer a mí el pan blanco que es el único que puedo masticar, tu bastante tienes con intentar dar algo de comer a tus hijos.

Él se marchó buscando ampliar horizontes, allí conoció a la que sería su esposa y las cosas no le fueron mal.

Su corazón saltaba cada vez que pensaba que iba a conocer a esa sobrina que su padre describía tan linda en sus cartas y que ella deseaba abrazar.

Recordaba cuando José se metió a panadero para poder traer todos los días un poco de pan a casa, ya que en esa época hasta eso escaseaba. Llegó muy contento y le dijo a la abuela Elisa:

-Desde mañana no os faltará el pan en casa, me he colocado en la panadería para tener más oportunidad de conseguirlo. Ahora la abuela Elisa vivía con ellos y siempre que le daban un trocito de pan blanco para que fuera más tierno para sus encías desdentadas decía:

-Este pan me lo ha traído mi hijo José, siempre se acuerda de mí antes que de nadie.

Lo mismo hizo años después, otra de las hijas de María, Josefa, se colocó en una

lechería, para llevar un poco de leche a casa además de un mísero sueldo.

De pronto el cartero irrumpió en el patio donde María estaba barriendo,

interrumpiendo todos estos recuerdos y le entregó una carta. Al tocarla ella notó

como si le quemara la mano y le asaltó un mal presentimiento, que se confirmó al

leer aquélla.

Querida hermana, espero que esta carta llegue antes que el día en que esperas mi

regreso. Ha ocurrido algo terrible. Estábamos preparando el viaje a España llenos

de ilusión, cuando hace unos días mi mujer se sintió mal, llevaba arrastrando un

constipado que la tenía bastante cansada, yo le hacía que pasara más tiempo en

cama y hasta me parecía verle mejor color, pero un día vino Violeta y me dijo

"papá corre, mamá tiene sangre en la boca". Cuando llegué su pañuelo parecía

contener una rosa roja. Llamé al médico y cuando vi su rostro no hizo falta que me

diera la mala noticia, aquello ya no tenía solución. El mundo se me vino encima, en

un país extraño con mi hija tan pequeña, lejos de la familia y la mujer que yo amaba

se moría sin remedio. No sé a veces de donde se pueden sacar fuerza, tú de eso

sabes mucho, ya que por desgracia has sufrido mucho, el caso que me tragué mis

lágrimas y con el corazón roto, puse una sonrisa y estuve al lado de ella y cuidando

a mi hija hasta el último momento. Y aquí me tienes hundido, viviendo cada día

sólo por mi pequeña y sin saber qué hacer. Espero tus noticias y que tú puedas

iluminarme en este trance tan amargo.

Las letras inseguras de la caligrafía de su hermano hicieron que la carta se le cayera de las manos a María, entonces cogió lápiz y papel para contestarle y secándose las lágrimas intentó sacar fuerzas de flaqueza para escribir la carta más cariñosa que había escrito nunca.

Querido hermano, siento mucho que me des tan malas noticias. Por tu hija tienes que recuperarte y cuidar de ella como su madre hubiera querido. Violeta es un trocito de tu mujer que se queda contigo y ahora tienes que darle el cariño que le corresponde a ella y el que le hubieras dado a su madre.

Regresad en cuanto podáis, yo la criaré con el mismo cariño que a mis hijos, más si cabe por haber perdido a su madre tan pequeña, así que aquí tenéis a vuestra familia que os adora, y apoyándonos unos a otros saldremos adelante.

Así lo hizo José, regresó a España con su hija. Era todo lo contrario de los hijos de María. Al haberse criado sola y con unos padres con una economía un poco más saneada, era caprichosa y malcriada. Aprovechaba la compasión que sentían todos de verla huérfana tan pequeña y manipulaba a todo el mundo. Su padre salía a la calle y si veía a un indigente sin chaqueta le daba la suya y al llegar a casa, como María le reñía, él contestaba:

- ¿Pero para que quiero dos chaquetas si solo tengo un cuerpo?, cuando se rompa ya me compraré otra. Sin embargo, salía de paseo con su hija y volvía a los diez minutos porque la niña quería comprar todo lo que encontraba a su paso.

Pero la guerra les tenía preparados otros planes, y su hermana ignoraba los problemas que le iba a dar esa niña y que a su hermano lo llamaba a una vida terrible escondido de su propia hija, ya que no podían confiar en la discreción de

una niña tan pequeña y que cualquier información que saliera de aquélla casa

acerca de la existencia de José, diera al traste con todos los cuidados que habían

puesto en esconderlo.

Era Septiembre de 1939, el otoño se acercaba a pasos agigantados , pero para José

daba igual la estación del año que fuera, llevaba escondido un año viviendo en el

desván de su casa que era a la vez cárcel e isla de salvación para poder conservar

su vida, ya que si lo encontraban esta no valdría apenas nada. Muchas veces se

lamentaba de ser un preso que no tenía derecho ni a la mayor de las aspiraciones

de éste, que era escaparse, él nunca podría hacerlo porque, aunque allí no estuviera

totalmente seguro, tenía toda la inmunidad a la que podía aspirar.

Muchas veces cerraba los ojos y se imaginaba la última temporada que había vivido

en París junto a su mujer y su hija, los paseos por los Campos Elíseos y lo pequeñita

que parecía la niña junto a la Torre Eiffel.

Por las noches, desde un ventanuco, José veía la luna y soñaba con llegar hasta ella

y sentado junto a su hija poder contarle uno de esos cuentos tan bonitos, que

siempre tenían un final feliz, pero la vida casi nunca nos ofrece finales felices y su

prisión no terminó con una liberación sino que esta le llevó directamente a la

muerte y aquella niña no volvió a escuchar ningún cuento más en boca de su padre,

aunque siempre tuvo a María como su más fiel protectora.

LLAMADA A LA MAMI.

-Hola, mamá

-Hola ¿cómo estás hija?

-Bien, ¿y tú?

- Muy bien, aquí siempre se está bien, hasta se me han quitado los dolores.

-Mamá, tenía ganas de hablar contigo así, relajadamente, llevo mucho tiempo queriendo hacerlo y no encuentro el momento.

-Tú siempre tan ocupada, todavía no hemos podido comentar las bodas de mis nietas, que tanto me emocionaron.

-La verdad, que si algo tuvieron de real, fue la emotividad y tú sabes que has sido una parte muy importante en las dos ceremonias porque su "mami" para ellas, es muy importante.

-De eso no me puedo quejar. La primera boda, la de Penny ¡cuántos alemanes!, pero debes mirar muy bien a tu consuegra porque hay que ver cómo quiere a la niña. Me acordé un poco de aquélla vez que me contastes, con dos años que se había querido ir de casa y al abrirle tú la puerta se volvió, pensabas que tan pronto se había arrepentido de su partida y te aclaró que regresaba porque quería su muñeco. Hija esta vez no te apures si no tiene muñeco a por el que volver, es bueno que los hijos vuelen solos y si es con una buena pareja, mejor.

-Es verdad mamá, a mí también me produjo mucho dolor cuando se fue tan lejos, pero la veo tan feliz recompensa aquéllos malos momentos. ¿Y la boda de tu otra nieta, qué te pareció?

-Fue preciosa también, ¡y qué guapos iban los cuatro! Cada boda en su estilo. Yo veía a mi "doctora" y recordaba cuando hizo la comunión y llevaba esa carita risueña y tierna, de pan recién cocido. Se me han quedado grabadas las miradas de los cuatro, con tanta dulzura, se veía tanto amor en las dos parejas que no pude evitar que de mis ojos brotaran dos fuentes, sobre todo cuando ellas, miraron arriba buscándome.

-Ya, mamá, te entiendo, fue una pena que nos dejaras tan pronto, ya va a hacer diez años.

-No hija, yo no os abandoné, el cáncer me arrancó de vuestro lado, aunque me resistí.

VISITA A LA GRANJA

Hoy toca visita a la granja, la clase de Pedrito, que tiene cuatro años van a visitar los animalitos de una granja, entre ellos está la gallina Lina que ha tenido seis pollitos, éstos cuando ven aparecer a los niños corren a refugiarse bajo las alas de su madre y esta les dice: No tengáis miedo a los niños que sólo dan cariño.

También está la burra Curra, con su pollino Marcelino, éste un poco más decidido se acerca a que los niños, que según su madre sólo dan cariño´, le acaricien su pelo suave. Junto a la cerdita carmelita se encuentran sus crías a la cuales se les rizan aún más los rabitos cuando ven a los niños que siempre han oído decir que sólo dan cariño. Pedrito va acariciando a todos los animalitos disfrutando de todos ellos, cuando de pronto descubre que Angelito, que en contra de lo que debía hacer según su nombre , es un poco trasto, está tirando del rabo a los cerditos, correteando detrás de los pollitos y tirando de las orejas al pobre Marcelino. Entonces se acerca y le dice: ¿No sabes que los niños sólo deben dar cariño a los animales?, Angelito se ríe a carcajadas y le dice, yo así no me divierto, es mejor incordiarles para que se enfaden, así que sigue con sus trastadas, pero las mamás viendo que están haciendo mal a sus crías se enfadan y le rodean hasta que empieza a llorar asustado. La señorita Tita que ve la escena se acerca a poner paz y le dice a Angelito: Esto te pasa por molestar a los animales en vez de darles cariño. Si alguien te molesta a ti ¿a que tu mamá te defiende?, pues lo mismo hacen los animalitos y desde entonces se limita a verlos y al final todos se hacen amigos. Cuando el autocar parte de la granja llevando a los niños, todos los animales se acercan a despedirlos

CUENTO PARA NIÑOS DE SEIS AÑOS

Es miércoles, la clase de Pedro va a ir a visitar una granja, él junto con sus compañeros van preparados con su merienda a coger el autocar que los desplazará a visitar a los animales. Pedro está muy contento, encima lo han sentado al lado de Laura que es una niña de trenzas rubias que a él le hace tilín y está encantado. Cuando llegan van visitando a todos los animales deteniéndose siempre con los más pequeños que hacen las delicias de los chicos. Pedro nota que Laura tiene un poco de miedo a las mamás de cada especie y él la anima a acercarse haciéndose el valiente para que ella vea que en él tiene un buen defensor. Pero de pronto hay un revuelo entre los animales y es que Ángel que tiene bastante mala sombra los está asustando corriendo detrás de ellos. Pedro no desperdicia la ocasión de lucirse y se acerca a Ángel en tono de superioridad, diciéndole que deje a los animales en paz, éste se ríe y se dirige hacia los pollitos para cogerlos, para eso pega un empujón a Pedro para apartarlo de su camino, pero la mamá gallina se lanza sobre los hombros del agresor, picoteándole el cuello y las orejas, haciéndole correr dando gritos, por lo que se siente bastante humillado.

Ya de vuelta en el autocar, todos se burlan de la cobardía de Ángel y sin embargo todos quieren ser amigos de Pedro, que va tan contento que no cabe en sí de gozo.

CUENTO PARA NIÑOS DE DIEZ AÑOS

Es miércoles, la mayoría de los chicos de primer año de instituto están contentos porque van de excursión, al menos hoy se librarán de las clases y podrán estar todo el día con sus compañeros. Van provistos además de la merienda de una buena ración de música, por lo que Estopa, ACDC, y unos cuantos grupos así suenan en casi todos los walkman. Cuando llegan a la granja, se van reuniendo cada uno con su grupo de amigos, Pedro como siempre procura pegarse a Laura y sus amigos más allegados, pero Ángel que se nota también se ha fijado en la misma chica no sabe qué hacer para llamar la atención de ella y no se le ocurre otra cosa que ponerse a molestar a los animales. Pedro respaldado por el resto de su grupo se dirigen a él diciendo que no sea "plasta "y pase de los animales. Pero Ángel que su manera de divertirse es dando la nota, sigue correteando a los animalitos lo que provoca que la mamá cerda se dirija hacia él y le dé un buen topetazo que le hace perder el equilibrio y caer de culo, con el jolgorio genera de sus compañeros. Ya en el autocar todos bromean con la caída de Ángel y Pedro le dice pasando su brazo por el hombro de Laura en señal de que le ha vencido: ¿Qué tal Ángel, te puedes sentar, o te ponemos un flotador? Lo que provoca la carcajada general y el bochorno del aludido

s animales. Pedro respaldado por el resto de su grupo se dirigen a él diciendo que no sea "plasta "y pase de los animales. Pero Ángel que su manera de divertirse es dando la nota, sigue correteando a los animalitos lo que provoca que la mamá cerda se dirija hacia él y le dé un buen topetazo que le hace perder el equilibrio y caer de culo, con el jolgorio genera de sus compañeros. Ya en el autocar todos bromean con la caída de Ángel y Pedro le dice pasando su brazo por el hombro de

Laura en señal de que le ha vencido: ¿Qué tal Ángel, te puedes sentar, o te

ponemos un flotador? Lo que provoca la carcajada general y el bochorno del

aludido

LA CHICA DE LA PLAYA

Paolo fue a pasear a la playa como todas las tardes de la última semana. Hacía siete días había visto una chica rubia nadando y había quedado impresionado por su cabello largo y rubio, a esa hora el agua parecía de plata y el sol era una bola roja, así que todo aquel escenario le hizo adivinar una belleza tal en la chica que todos los días bajaba con la esperanza de volverla a ver. Pero no tenía suerte cada día volvía a casa con la frustración de no encontrarla, hasta llegó un momento que pensó que había sido una jugada de su imaginación y que la chica nunca había estado en la playa. Ya estaba a punto de volver a casa de nuevo, cuando a lo lejos divisó una gran melena rubia que a él se le antojó una cascada de oro. Estaba en una tumbona y al verlo acercarse, se cubrió con una gran toalla. Ella saludó y quedó deslumbrado por su belleza, tal y como Paolo imaginase tenía unos ojos azules, preciosos, una cara angelical y una boca que no podría haber dibujado mejor ningún pintor. Pero le llamó la atención que se cubriera tanto con la toalla: ¿Qué te ocurre, tienes frío? Ella vergonzosa puso gran cuidado en cubrirse y le dijo: Me han robado la ropa mientras nadaba, menos mal que al menos me han dejado la toalla. No te preocupes, respondió Paolo, ahora mismo voy al paseo y te compro algo de ropa. Así lo hizo y según se alejaba le asaltó el temor de que al volver no la encontrara, pero se equivocó, cuando regresó con lo que le había conseguido, ella seguía allí. Él le compró unos vaqueros y una camisa, cuando su amiga vio los vaqueros empezó a llorar. Paolo no entendía nada. ¿No te gustan? preguntó. Ella por toda respuesta descubrió un poco la toalla y en vez de piernas le mostró una

cola de pez

LAS DOS ALUMNAS

Eva tenía diez años, empezaba el primer año de bachillerato, nació con una lesión cerebral producida en el parto, que le había dejado graves secuelas, entre ellas una forma de hablar bastante dificultosa y muchos impedimentos para andar, pero su inteligencia estaba intacta, yo diría que a golpe de esfuerzo había conseguido más que algunas alumnas de su edad. Normalmente despertaba una cierta simpatía por su carácter cariñoso y el interés que ponía en todas las cosas. Pero había una persona que no sentía ninguna simpatía por ella, al contrario parecía gozar con los problemas que pudiera plantearle la vida a su compañera en vez de intentar ayudarle como hacían las demás, esa era Julia. Más de una vez se reía de Eva si en medio de sus limitaciones para andar , tropezaba y estaba a punto de caer, o balbuceaba un poco como ella en medio de una conversación imitándola.

Un día en clase de matemáticas el profesor llamó al encerado a Julia para que resolviera unas ecuaciones, la verdad que éstas no eran su fuerte, como casi nada por otro lado, ya estaba bastante mosqueada por las risas que tenían sus compañeros viendo que no lo solucionaba, cuando el profesor se dirigió a Eva y le dijo:"sal tú y soluciona el problema", Julia no lo dudó y se echó a reír, "si, la tontita, lo va a solucionar". El profesor indignado le mandó que se sentara mientras la compañera humillada salió a la pizarra y solucionó el problema a la primera, hubo un aplauso general y Julia se puso roja, un poco por vergüenza y otro poco de rabia. De estos incidentes hubo varios en clase, pero hoy día Eva es una buena profesional de la informática y Julia anda con contratos temporales allí donde se los ofrecen

DISCUSIÓN ENTRE AMIGOS

Ricky y Alex siempre van juntos a todos sitios, van y vuelven juntos al instituto, en el mismo autobús. Viven en el mismo barrio, por lo cual después de las horas de estudio quedan para dar una vuelta y encontrarse con su grupo de amigos.

Ricky es muy extrovertido , bien parecido , vamos de los que las chicas dicen "está como un queso" así que ya lleva medio terreno ganado cuando dice de acercarse a alguna "piba" . Normalmente ellas están encantadas de que él muestre alguna preferencia por ellas y suelen aceptar de buen grado todas las proposiciones que él hace para ir a tal o cual sitio.

Alex, es todo lo contrario, introvertido, inseguro, poco decidido y hasta se diría que un poco triste, así que   Ricky siempre está diciéndole: Tienes que acercarte más a las chicas, tener más relación con ellas, no puedes estar siempre esperando a que yo quede para sumarte al carro". Aquélla tarde habían tenido la misma discusión de siempre, el día anterior Ricky no había podido salir y Alex se había quedado también en casa .Cuando se encontraron Ricky se puso a echarle la bronca como siempre: "tío es que no puede ser, si yo no salgo tu tampoco". Alex se excusó diciendo:"me dolía la cabeza, y con tanto calor no me apetecía salir ". "Pero si estuvieron en el cine y sabes que allí se está muy fresquito ¿cómo se puede ser tan muermo?". Dijo Ricky. Después de mucho discutir y una vez que se vio contra las cuerdas, de los ojos de Alex brotaron dos grandes lágrimas que rodaron por su cara. "¿pero no te das cuenta de lo que me pasa? Le dijo a Ricky" ¿porqué crees que sólo quiero salir cuándo tú vas?, porque sólo quiero estar contigo y no he querido confesármelo a mí mismo, pero de ahora en adelante no pienso callar por más tiempo y todo el mundo que quiera entenderlo lo entenderá"

Sueño con ser abuela

Esta noche he soñado que tenía un nieto. Me he levantado ilusionada, pensando en el día que eso ocurra. Vendrás a casa el domingo que es el día de la comida familiar. Cuando coloque la paella en la mesa te llevarás la mano al estómago cómicamente y dirás que no te apetece comer, que no te encuentras bien, ya sabes que van a empezar las bromas de siempre "a ver si vamos a tener que subir las cuna del garaje", tú te escaquearás como siempre y será Benito el que dé la noticia y nos diga que al fin aparte de los taper (que fue el anuncio de la boda) tendré que preparar biberones.

Esto generará una polémica porque como bien sabes entre las tías y yo siempre hay dos opiniones encontradas con respecto a ese tema y empezaremos cada una a recomendar la leche materna o la de farmacia. Ahí cada una expondrá sus razones y veremos al niño muriéndose de hambre porque no le alimenta la leche materna lo suficiente o sentándole mal el biberón. Al final con buen criterio dirás que tú eres pediatra y la madre y que tú decidirás

NIÑO DE 7 AÑOS

Javier tiene siete años, rubio largas pestañas, ojos negros que cierra con picardía para ocultar alguna de sus trastadas. Aunque acepta la situación de tener que estar con papá o con mamá tiene que saber cuántos días y dónde. No le gusta cambiar de ropa cuando es otra estación del año, o cuando el calzado está pequeño o estropeado. No quiere ir de excursión porque la comida es fría, quiere llevar un microondas. Lo mejor de todo son sus comentarios. Al salir de Misa le dice a su madre: ¿Por qué el cura nos dice, retemos al Señor? Y si le reto y me gana, hubo que aclararle que no se trataba de retar sino de rezar.

EL COCHECITO DEL BEBÉ

Hoy he vuelto a casa muy cargada. No sabía cómo llevar tantas cosas. El carro de la compra en una mano, unas cuantas bolsas en otra, no sabía cómo trasportar también el coche del bebé, entonces se me ocurrió atarlo con mi cinturón y sujetarlo a mi cintura detrás de mí.

La gente me miraba y hasta me abría paso para facilitarme el desplazamiento, ya que veían la cosa bastante complicada. Al bajar la acera el cochecito daba saltos como si fuera un caballito. Una señora empezó a protestar "hay madres que no tienen ningún cuidado", "eso es cierto", responde otra y así veo que la reacción va corriendo como la pólvora hasta que se me aproxima un policía local y me dice:"Señora me voy a ver en la obligación de dar un parte contra usted por el poco cuidado con que lleva usted al bebé ". Bebé, ¿qué bebé? El cochecito está vacío vengo de dejar al niño en la guardería.

BODA DE PENNY Y OLAF

Penny y Olaf se han casado, si supiera escribirlo con música sería sin duda la marcha nupcial "ya se han casaooo". Esta historia empezó como un cuento de Navidad, porque en esa época comenzó su relación nada más conocerse y ha continuado tan bien que ha llegado el momento de la boda, que ha salido tan bien, que yo daría algo por ver siempre en los ojos de los dos, el brillo de felicidad que vi ese día.

Mi hija intentó irse de casa con tan sólo dos años, pero cuando dijo de irse a Alemania, tuve la sensación de que aún era igual de pronto. Cuando conocí a Olaf supe que había mucha unión y cariño entre ellos y para mí Olaf ha sido mi yerno ya desde hace mucho tiempo, pero me hizo mucha ilusión cuando me dijo :"ahora si eres mi madre" , el día que se casaron. Al conocer a Brunhilde me di cuenta lo mucho que quería y cuidaba a mi hija y le estoy muy agradecida por ello.

Como siempre hablamos por el Skype, tengo la sensación de que viven ahí en ese cuadradito con una ventana y la estantería llena de libros, como no podía ser de otra manera viviendo ahí Penny, pero al venir ahora para la boda familia y amigos de Alemania, he comprendido que mi hija tiene otro mundo, con gente muy importante para ella y que la quieren mucho, eso me ha dado otra tranquilidad y hasta otra visión de porqué mi hija lo dejó todo y se fue a vivir con Olaf , aunque el motivo principal, fue él, naturalmente.

Solo me queda desearles toda la felicidad del mundo junto a toda su familia, que ya también considero un poquito nuestra y también junto a los que nos quedamos aquí que también estamos muy contentos cuando vienen y muy tristes cuando se van porque los queremos mucho.

BODA TANYA Y BENITO

Segunda boda del año y las dos de la misma importancia y emoción.

Benito empezó a entrar en casa con el grupo de amigos y con sus chistes y su simpatía nos fue ganando a todos, a la niña sobre todo, claro.

Empezaron su relación muy jovencitos, él empezó cocinando, atendiendo en el bar y terminó abriendo puertas "las puertas de su futuro", que fue lo que yo pensé. Para ella fueron años de estudio y para mí lo que me parecía un sueño, a la que su hermana premonitoriamente llamó D. Carlos Verde se convirtió en toda una doctora.

Han sido meses de preparativos, de nervios, pero sobre todo de muchas emociones y aunque para mí Olaf y Benito ya eran como mis yernos de pronto en este verano he visto como mi familia aumentaba con ellos y sus familias, por el momento ¡eh chicos!.

La noche antes de casarse, veía el traje de novia colgado en su habitación y me venía a la memoria cuando un día parecido, teníamos preparado el de la comunión y sentí que casi no había pasado el tiempo, pero al oírla en su habitación con Noelia, que ha sido una gran ayuda y su hermana y con las risas de las tres comprendí que los años habían transcurrido y que en un rato yo estaría llamando a Benito para que supiera que salíamos para la iglesia.

La boda fue muy bonita y estábamos tan contentos que hasta bailamos, cosa que no hacíamos en muuuuchos años.

Ahora sólo me queda desearles, aunque suene a tópico toda la felicidad del mundo y que siempre conserven eso que les hace ser "tan buena gente", que mi yerno me siga gastando bromas, que siempre me hacen reír y que sigan creciendo como personas y en sus sentimientos, sobre todo entre ellos. Si me he puesto un poco cursi me perdonáis, pero os quiero muchísimo.

La madre

CALENDARIO DE LOS DIAS DE LA SEMANA

El lunes me presenté a un casting para una obra de teatro. Ni que decir tiene la ilusión con que lo hice. El papel me entusiasmaba. Era una protagonista que conoce a un director de teatro y se enamora de él.

El martes recibí una llamada muy importante para mí, me avisaban que me habían admitido en la representación y me esperaban para recoger mi libreto.

El miércoles comenzaron los ensayos, fueron muy duros porque estrenábamos el sábado y evidentemente había poco tiempo, trabajábamos muchas horas seguidas y la tensión se podía masticar, todo el mundo estaba nervioso.

El jueves amanecí afónica, me quería morir, cuando llegué al teatro el director me dijo que aprovechando que no tenía voz, íbamos a ocuparnos más de los gestos y ahí empezó todo. Hasta ahora prácticamente no le había mirado a los ojos pero al intentar él explicarme algo sobre mis gestos me pareció ver el cielo en su mirada y me fui a mi casa hecha un lío porque en lo que menos pensaba era en enamorarme.

El viernes después de ir al otorrino y tomarme unas pastillas casi milagrosas que hicieron que mi voz sonara clara y diáfana mi confianza regresó.

El sábado triunfamos. Él estuvo pendiente de mí todo el día, amabilísimo y encantador. Pensé que ya le había conquistado.

Pero el domingo se produjo el gran desencanto. Cuando terminó la obra nos fuimos todos a celebrarlo con una cena y el director llegó acompañado con una famosa actriz que era su mujer y de la que se le veía muy enamorado.

EN EL METRO

CHICA JOVEN

Esto va hoy más lento que nunca, parece que nunca vamos a llegar, la señora de enfrente cada vez se nota más desesperada y el marido la mira como diciendo y yo qué culpa tengo, más desgraciado soy yo de tener que ir contigo. Cuando se hablan ni se acerca, seguro que a alguno le huele el aliento, será a ella, porque él con esos ojos no puede ser que tenga halitosis, ¿Por qué esconderá esos ojazos detrás de las gafas? ¿Le gustarán los perros o será más de gatos? ¡Y qué manos tiene!, para mí que lleva las uñas con una capa de brillo. Si fuera solo y me preguntara: ¿Me podría decir qué línea debo tomar para ir al aeropuerto? Yo amablemente le acompañaría, entonces nos iríamos a Paris y pasearíamos por los Campos Elíseos y me acariciaría la cara con esas manos....

SEÑORA

Este viaje se me está haciendo interminable , encima con el pesado de mi marido, si hubiera ido yo sola ya hubiera llegado porque habría salido más pronto , pero él necesita tres horas para arreglarse, con decir que hasta se ha hecho la manicura, encima no hace más que mirar a la chica que está sentada en frente, tiene pinta de fresca y qué mal gusto con la ropa, pero ella también parece que se ha fijado en él, pues se lo regalaba yo , si supiera lo que ronca....

CABALLERO

¡Qué horror!, ¿se habrá dormido el conductor?, esto no avanza y ya estoy harto

de ir en el vagón, encima mi mujer me mira con una cara que parece que me va a

matar, ni que yo tuviera la culpa. Menos mal que en frente, la vista es más

agradable, ¡qué chica tan guapa!, tiene una boca preciosa y un estilo vistiendo que

me encanta, a lo mejor es modelo, no es raro que fuera de la pasarela Cibeles, me

parece que ahora no es tiempo, donde si hay desfiles en esta época del año es en la

ciudad a la que vamos, si me la encontrara allí seguro que la reconocía y parece que

a ella

Tampoco le soy indiferente. ¡Por fin llegamos! Señorita por favor me puede decir

qué línea debo tomar para ir al aeropuerto.

MARI LUZ GALLINA Y POLLO.

Pasea todos los días con su hija en un cochecito adaptado para esta, antes iba con su marido que ya no está. La trata con el mismo cariño con que cualquier madre dedica a su bebé o quizás más, pero este "bebé" tiene 28 años. Ella siempre me recuerda a una gallina que refugia bajo sus alas a su pollito y le da calor y abrigo, pero ese pollito tiene el mismo tamaño de su madre y me parece difícil que la pueda cubrir con sus alas.

Cuando hace mucho que no sé de ellas me asomo a la terraza y al verlas venir salgo a saludarla. El pollito como si se hubiera malogrado al, salir del huevo busca con la mirada a su madre y ésta aunque esté hablando no pierde detalle de cualquier movimiento de su cría.

A veces por la noche cuando estoy en mi casa y pienso en ellas, no sé cómo podrá apañarse para bañarla, acostarla y cargar a su hija igual que carga con esta cruz que no me queda duda para ella es su mejor regalo.

EL AULA VACÍA

¡Qué sola está el aula vacía! He llegado la primera y me he puesto a escribir. Dentro de un rato sonará el eco de nuestras voces y se llenará de vida, con las risas y comentarios, pero así, da un poco de miedo, si no fuera porque hoy hace un día luminoso y con la luz que entra a través de estos enormes ventanales, con las cortinas abiertas, parece que hasta el sol quisiera asistir a clase.

De un momento a otro aparecerán las musas, que andan escondidas por aquí y esperan un gesto de Chema sobre su tripa, para salir y asaltarnos con ideas más o menos brillantes, según quien las reciba. Luego nos iremos y otra vez se quedará todo tranquilo, como dormido, para recuperar fuerzas para la próxima clase.

Esta pausa será más larga y cada uno, pasaremos el verano con nuestras familias, pero seguro que más de uno, yo al menos, voy a recordar este grupo que hemos formado y que vamos conociendo a través de sus relatos. Por eso les deseo a todos en general, y al que le toque este relato en particular, unas felices vacaciones y que el próximo curso volvamos con ánimos renovados y cargados de ideas fantásticas para seguir escribiendo.

CUATRO PUNTOS CARDINALES

Todo mi horizonte hasta los trece años aproximadamente, estuvo basado en el cariño que había entre mi tía Marina y yo. Esto me trajo no pocas tensiones con mi madre.

Al ver a mi tía siempre había besos, abrazos, diversión (me llevaba al cine, a las fiestas...) y como era modista muchas veces venía a verme y me traía algún vestido que me había hecho robándole horas al sueño.

Mi madre era muy buena y luego comprendí que me quería mucho, pero no era cariñosa. Para mí ella era la disciplina, con afecto sí, pero férrea y mi tía era mi cómplice hasta en cosas que me podían perjudicar.

Siempre estaba deseando que llegara Semana Santa, que en Granada es una época muy especial, para coger mi pequeña maleta e irme a su casa, que estaba en el mismo centro. No nos perdíamos ninguna procesión, es más en alguna participábamos, sin embargo mi madre nunca quería ir, decía que era muy cansado, que había mucha gente etc. A los once años la vida me puso en la disyuntiva de quedarme con mi tía hasta que terminara el instituto venirme a Madrid con mis padres que se trasladaban a vivir aquí. Al final los convencí para que me dejaran allí y entonces me di cuenta lo que echaba de menos a mi madre y cuando fueron a recogerme después de terminar el curso, me fui con ellos loca de contenta. Entonces me di cuenta que el verdadero Norte de mi vida era mi madre.

ELLA NO ME DEJA SUBIR AL SOFÁ

Yo era un perro feliz y mimado. Siempre cuando quería una caricia la tenía, pero le

mordí y ya no me deja sentarme a su lado. Con lo calentito que estaba yo, delante

de la chimenea y ahora tengo que ocupar el cuco, solo, como mucho con mi

hermano Oto. En realidad ella se lo pierde porque soy tan blandito….además a ella

le gustaba tocarme las orejitas cuando me tenía a su lado. Pero ahora no, en cuanto

intento subirme me dice tajante: "ahí no". A Oto también le he mordido a veces y

no ha cambiado de actitud conmigo. ¡Ahora! En cuanto sale del salón , estoy atento

para dar el salto y acoplarme, arrellanando bien el cojín , O si habla por teléfono,

ahí sé que está un buen rato entretenida y me puedo echar una buena siesta, pero la

tranquilidad se acaba en cuanto ella irrumpe en la habitación y se acaba la

tranquilidad para mí.

GRACIAS A UNA PROFESORA

Nuevamente termina el curso, atrás van quedando los días de colegio y de formación para nuestros hijos.

Es el momento de darte las gracias por el interés que te has tomado por tus alumnos dándoles junto con la educación cariño y firmeza que tanto bien les hace, estoy segura que te recordarán y habrás dejado en ellos una semilla de cultura que luego irán desarrollando cada uno a su manera, como también espero que ellos hayan dejado en ti un poquito de cariño del que a esta edad reparten a manos llenas. Recibe también nuestro agradecimiento deseándote todo lo mejor.

LA CARCEL ES PARA MI.

En la puerta había una gorra negra. Para mi aquello fue como si se acabaran todas

mis ilusiones de estos tres años. Tantas hora de charlas y de pizzas compartidas, su

cabeza apoyada en mi hombro, contándome como le había ido la visita a la cárcel y

como la había encontrado. Pero todo aquello se acababa y ahora tenía que

acostumbrarme a oír de nuevo sus risas y susurros, detrás de aquélla puerta. De

pronto deseé que él saliera y al mismo tiempo, esa habitación desapareciera con la

otra persona dentro como si el tiempo y el espacio se lo hubieran tragado.

EN EL TREN

CHICA JOVEN-

Esto parece un caracol, la señora de enfrente está desesperada y parece culpar al marido, pero ni se acercan ¿tendrán halitosis?, desde luego él con esos ojos, imposible, me iría con él a Paris.

SEÑORA-

Este viaje parece la vuelta al mundo. Mi marido no deja de mirar a la hortera que va sentada enfrente y ella parece que también le pone ojitos.

CABALLERO-

¡Qué viaje tan largo!, encima sentado junto a mi mujer, ya podía haber quedado un asiento libre junto a esa preciosidad y le hubiera dicho: ¿Te vienes conmigo a Paris?

LA PRINCESA DE LA ALHAMBRA

Hace mucho tiempo vivía una princesa en la Alhambra que se sentía la más afortunada de todas las niñas de su edad. Tenía una familia que la adoraba, un entorno entre agua y flores que le parecía de lo más bonito, pero sobre todo lo más importante era un amigo dos años mayor que ella por el que sentía un verdadero cariño. Esa última que noche que pasaba allí se reunieron los dos niños en los jardines para despedirse, hasta la campana de la torre de la vela, aquélla noche sonó más triste y la luna se ocultó entre las nubes para no presenciar tanta tristeza.

La llegada a su nuevo domicilio fue agotadora, nada podía calmar la tristeza de la princesa, cada vez que cerraba los ojos, le parecía estar oyendo el agua correr por los jardines del Generalife y el olor a jazmín de sus flores. Pero sobre todo la voz de su amigo llamándola y sus risas correteando por allí.

Los años iban pasando y aunque hizo otras amistades, lo único que mantenía con ilusión a la princesa eran las cartas de su amigo granadino que le seguían enviando su cariño que con el tiempo se convirtió, al menos para ella en verdadero amor. Siempre que se despedían acordaban que en cuánto pudieran se verían, pero el tiempo entre carta y carta cada vez era más largo, hasta que dejaron de llegar las de él. Quiso el destino que por aquel tiempo falleciera el abuelo de la princesa y ésta tuvo que ir a Granada por el triste motivo de su entierro. En los actos fúnebres ella buscó con los ojos a su amigo, pero éste no apareció. Preguntó por él a una de sus antiguas amigas y ésta le dijo que hacía dos meses que se había casado. Por la noche en el mismo jardín en el que se despidió de él se arrojó a un pozo, todo el mundo pensó que por la pérdida de su abuelo al que tenía un gran cariño.

Un año después de la boda del amigo ingrato nació su hijo, todos los de su familia estaban muy contentos, pero una noche el niño desapareció y nadie pudo dar con su paradero, solo un viejo del barrio dijo que vio pasar una sombra camino del pozo con un bebé en brazos.

LA PRINCESA ROSA

Cerró la puerta despacio, sin hacer ruido y dejó atrás los tres últimos años de su vida llenos de malos tratos y experiencias tristes. Sentía miedo al pensar lo que pasaría cuando él volviera y se diese cuenta que se había ido. Pero para entonces ya estaría lejos y comenzaría una vida nueva. Tantas veces había imaginado poder sentirse libre y no vivir en el miedo a oír que él abría la puerta que no pudo evitar una sonrisa esperanzada y que el corazón le palpitara con una fuerza especial. El mundo podía ser de nuevo maravilloso y podría recobrar su autoestima y sus ganas de vivir.

Hacía cuatro años Lidia había empezado una preciosa historia, todo parecía un cuento de hadas en la que parecía haber encontrado el Príncipe Azul y ella debería ser la Princesa Rosa, pero está claro que los príncipes se convierten en ranas aún sin besarlos.

La primera noche de su matrimonio todo cambió, ella subió a la suite de un gran hotel y Daniel se bajó a seguir celebrando con sus amigos, cansada de esperar cuando ya clareaba el día se quitó su escogidísimo vestido de Novia y se quedó medio dormida en un sillón. De pronto la puerta se abrió violentamente y ella no sospechaba que la violencia acababa de entrar en su vida por esa puerta. ¿Dónde has estado todo este tiempo?, me parece que no debías haberme dejado aquí sola en las primeras horas de nuestro matrimonio. Dijo Lidia dolida por el desaire que había recibido, pero no sabía que no era lo único que le iba a doler esa noche porque la respuesta de su marido fue un bofetón que le hizo brotar sangre de los labios de recién casada. Aturdida por el golpe se cobijó en un rincón y dejó que él se derrumbara sobre la cama.

Así pasaron una cuantas horas hasta que él se fue despertando y como si así volviera la cordura a su cabeza pareció darse cuenta de lo terrible de su comportamiento que apenas recordaba. Cuando la vio encogida en un rincón como un animal herido, trató de recomponer todo lo que había destrozado en un momento de ira y se convirtió de nuevo en el hombre tierno que ella conocía, a pesar de haber creado un pozo de desconfianza que fue rellenando con regalos y caricias hasta vencer los temores de su flamante esposa.

Así pasaron una felicísima luna de miel en la que todo fueron regalos, atenciones y tener al lado un hombre tan maravilloso, que todas sus amigas envidiaban, salvo algún amago de celos que ensombrecía algún día como una nube de verano, pero que una noche de pasión borraba.

Un día habían quedado para comer en su restaurante favorito, ella llegó un poco pronto y pidió un aperitivo mientras leía un libro para entretener la espera, de pronto alguien pronunció su nombre y al levantar la mirada se encontró con un hombre que había formado parte importante de su vida dos años antes, al reconocerle se levantó y lo saludó con un afecto casi fraternal, hacía seis meses que no se veían y la sorpresa de encontrarle allí se unió a la felicidad de saludarle de nuevo recordando viejos momentos felices. Así permanecieron un rato charlando animadamente, recordado momentos felices y así los encontró Daniel... Al entrar por la puerta y ver que había un desconocido hablando animadamente con ella, la sangre se le subió a la cabeza y nubló su vista hasta tal punto que una marea roja subió a sus ojos y casi le hizo perder el equilibrio. Se acercó a la mesa y ella le

presentó al desconocido como un antiguo compañero de universidad que había

encontrado en este local que él consideraba casi un sitio sagrado para ellos. Se

portó maleducado y casi obligó a que el amigo se despidiera pronto sabiendo que

su presencia no le había gustado lo más mínimo. Salieron sin comer del restaurante

y al llegar a casa se produjo tal explosión de celos que como si una bomba hubiera

explotado volaron platos, ropas, sillas y cualquier cosa que se le pusiera por

delante y claro sobre todo ella, que de pronto se encontró arrastrada por el suelo

con su cara sangrando, pisoteada y recibiendo tal paliza que a otro día le dolía cada

parte de su cuerpo y no era capaz ni de abrir los ojos. De nuevo siguieron días de

disculpas por parte de él lloros y hacerle sentir que le había hecho mucho daño

llegar a un sitio que era casi un santuario para ellos y encontrarla con un antiguo

novio, que la quería tanto que no podía permitir que otro aunque hubiera sido

anterior a él hubiera formado parte de su vida. Pasaban los días y al final ella se

dejaba convencer por sus caricias y el abatimiento de él pensando que la había

perdido. En esa reconciliación ella se quedó embarazada y fue el remedio final para

que de nuevo le perdonara.

En el trabajo de ella hubo una fiesta para celebrar varios ascensos entre ellos el de

Lidia, todo eran parabienes y ella presentaba a todo el mundo a su marido, pero al

presentarle a su jefe, un joven muy atractivo, éste tuvo la infeliz idea de alabarla

demasiado, hasta el punto de decirle: no se si te la mereces porque te llevas lo

mejor de la empresa. Ella notó como cambiaba el carácter de su marido y su mirada

se volvía sombría, estuvo toda la noche nerviosa pensando que sucedería cuando

llegaran a casa. Así ocurrió, ya en el coche de vuelta a casa le preguntó que cuántas veces se había acostado con su jefe para que la valorara tanto, al entrar en casa no le dio tiempo a nada, como un huracán se fue hacia ella y como si fuera un saco de arena empezó a darle patadas, puñetazos y a ejercer sobre ella toda la violencia de que era capaz, ella con sus brazos sobre todo trataba de proteger la vida incipiente de su hijo, a duras penas podía esquivar que esos golpes le llegaran a su futuro bebé . Cuando aturdido cayó sobre la cama, se quedó dormido. Entonces ella no lo dudó levantó el teléfono con un esfuerzo sobrehumano marcó el 016 y desde ese momento se entregó a lo que esas personas le dijeron que hiciera, abatida y pensando sólo en su hijo.

Cuando la sacaron a la calle llevaba una bolsa con sus enseres imprescindibles, una ráfaga de viento le acarició la cara pareciendo decirle" tu pesadilla ha terminado, hoy ya no eres una princesa rosa, pero sí la dueña de tu vida".

EL PERRO QUE QUERÍA PREMIOS

Ayer ella trajo una nueva bolsa de galletitas para mí, pero como siempre, tendré que ganármelas.

Lo primero que haré, será sentarme y darle la patita, seguro que así, dos caen fijo.

Antes de que las guarde, andaré a dos patas, que tanta gracia le hace, aunque a mí me parece un paso de canguro, tal vez al estar de pié, piense que soy más grande y que debo comer más cantidad que otras veces.

Ahora viene con ese aparato que hace tanto ruido y ¡qué miedo me da! No le voy a ladrar aunque se coma las migas de pan que hay en el suelo, y ¡mira que es feo el artilugio!, con ese cuello tan largo que se estira, y ¡todos los días tiene que recorrer toda la casa! .Pero yo aquí quietecito para que vea que me porto bien.

Llaman a la puerta, debería salir ladrando, pero puestos a ser un perro prudente, tengo que callarme y ¡mira qué me cuesta!, encima los perros del vecino ladrando, voy a pensar en todos los premios que me va a dar y así no ladro.

De tanto pensar en cómo me voy a poner tengo la boca seca como si fuera de esparto. Beberé un poco de agua .¡Oh no!, me quedé sin recompensas, me he hecho pis.0.

BALADA DE OTOÑO

Al final Pablo consiguió que Laura aceptara su invitación a tomar café en casa.

Preparó el ambiente, velitas, luz tenue y como no, Serrat y su Balada de Otoño.

Ella vino y de pronto la música toma sentido. Pablo ve la emoción que las notas provocan en Laura y cree que se debe a estar junto a él.

Mientras Serrat canta "detrás de los cristales llueve y llueve" ella se acerca al ventanal que llora agua. Sus ojos se inundan y se siente invadida por la nostalgia.

Pablo se acerca y le dice

-Cuéntame qué piensas para emocionarte así.

En tiempos pasados, responde ella. Es que has puesto una melodía que significa mucho para mí.

Pablo cree que sus sentimientos por Laura, al fin, se van a ver correspondidos.

-¿Recuerdas la primera vez que escuchamos esta balada? Desde entonces siempre que la escucho, siento tu presencia.

Ella se siente mal.

-Sí, lo recuerdo, pero no estábamos solos, Alberto estaba con nosotros y para mí esta canción siempre es él

CRÓNICA DE UNA SALIDA NOCTURNA CON LOS PERROS

La noche está tranquila, la habitación en una semipenumbra, el sonido de los coches ha disminuido, hasta los motores roncan más despacio respetando el sueño de los vecinos. Entonces a mis perros se les ocurre que su vejiga no aguanta más.

Se acerca el uno buscando apoyo en el otro, casi siempre el pequeño llama al grande, siento sus pisadas, ahora, las patitas llamándome, pero sin mover un músculo, finjo dormir para que vayan al lado de mi marido.

Los pobres lo intentan en el otro lado de la cama, pero mi marido comete el error de darse la vuelta, lo que a ellos les confirma que él se ha dado cuenta que lo llaman y eso les anima a insistir.

A mí me da pena de ellos y temo que no tengan espera a que uno de nosotros se decida a levantarse. Pero él sabe que yo tardo más en dormirme de nuevo y luego me cuesta pasarme dos horas oyendo la radio con sus historias deprimentes de media noche.

También es cierto que él ya los ha sacado antes de ir a dormir. Pero a mí me da miedo salir al jardín de noche y además ¡me da una tiritona!...

Al final los perros tiran de las sábanas, y él al sentir el frío, no tiene más remedio que levantarse y allá van los dos saltando delante de mi marido, contentos porque han conseguido su deseo. Me arrebujo en las sábanas y sigo durmiendo.

DIARIO DE UNA MUJER

Al subir a la bóveda, buscando entre los libros electrónicos, descubrí un libro de páginas amarillentas, olía a humedad, escrito cien años antes, en el año 2000. Me llamó la atención su título:"Diario de una mujer" y aunque no soy muy dada a leer sobre papel, me pareció que hasta el tacto tenía identidad femenina, cosa rara en mí, que estoy acostumbrada a una igualdad total entre hombres y mujeres.

La autora comentaba, que se sentía como un cervatillo perseguido, por ser mujer y pasaba a exponer con los problemas que se encontraba, frecuentemente, por este motivo.

He llegado a casa, decía el libro, y como todos los días a la vuelta del trabajo, me he encontrado con todo por hacer, la casa siempre me recibe con todos los juguetes que los niños dejan tirados, de las habitaciones ni hablar, parece que los armarios hubieran explotado y toda la ropa hubiera salido disparada. Tengo que ir al colegio a una reunión de padres y he de hacer la compra. Cuando estaba poniendo la lavadora, me ha llamado Carlos:

-Llegaré tarde, tengo que visitar a un cliente.

-¡Pero Carlos! ¿Quién se queda con los niños, mientras estoy en la reunión del colegio?

-Que se queden en el patio y los traes de vuelta.

-Y ¿Cuando hacen los deberes, y las duchas?, sabes que luego nos dan las "tantas" porque traen mucha tarea.

98

-No querrás que deje de atender un negocio porque mis hijos hagan los deberes.

Total que aunque proteste me da igual, para que luego me hablen de la "conciliación".

Levanté la vista del libro, aturdida, pensando en esa pobre mujer, porque aunque mis padres me habían hablado de que antes las cosas eran muy diferentes, nunca pensé que pudieran recaer, como una losa, todos los asuntos sobre una sola persona.

Empecé a pensar, ¡ir al colegio a una reunión, qué atraso!, ahora nos comunicamos por video conferencia y, a través de la red, nos pasan las escenas polémicas que hayan protagonizado nuestros hijos, o nos envían un C.D. con sus posibles problemas.

La compra, ¿a qué lugar tendrían que ir?, nosotros con las tarjetas que hay en el frigorífico y los armarios, se encargan de reponer electrónicamente los artículos que faltan.

La lavadora, no la pone nadie, se deposita en los cajetines de los baños y los rieles se encargan de separarla y depositarla en el departamento de limpieza y planchado.

El marido, avisaba que no iba a ir pronto y que ella se ocupara de que hicieran los deberes. Ahora los hombres hacen lo mismo que las mujeres, porque a ninguno se nos ocurre hacer distinciones entre sexos, para hacer una tarea u otra, ¿Qué tiene que ver si eres hombre o mujer, para ocuparse de uno u otro asunto?

Pero ya, lo que me dejó loca, fue, que al seguir leyendo, la protagonista se quejaba de que tenía un compañero, trabajando, menos que ella, y sin embargo, ganaba casi el doble, por ser hombre. ¡Se puede creer alguien eso!, no puedo comprenderlo. Hacia el 2030, se llegó a conseguir la discriminación positiva, pero con la coeducación, las mujeres llegaron por fin a hacerse visibles en todos los campos y sobre todo en el empresarial.

Esta noche nos hemos reunido varios amigos, y les he comentado mi descubrimiento, porque en realidad no he parado de darle vueltas, ¿cómo la gente podía vivir así? Entonces, me han contado algo que me ha sorprendido aún más. Shira nos ha dicho, que ella una vez leyó, que en esa época los hombres, pegaban a sus mujeres y llegaban a matarlas. Incluso llegó a haber casas refugios, donde eran atendidas ellas y sus hijos huyendo del maltratador. Eso sí que no puedo creerlo. ¿No se daban cuenta, que eso los hacía a ellos totalmente inferiores?, que ahora los hombres son lo que son, porque con la igualdad ganamos todos. Entonces Sure dijo, que no se convencieron de eso, hasta que hubo un científico que les demostró que los hombres serían mucho más felices si no tuvieran que estar demostrando siempre su superioridad, empleando toda esa energía en ser felices. Llegó un momento que se dieron cuenta de que no pasaba nada porque un hombre derramase unas lágrimas o demostrase sus sentimientos por más tiernos que fueran. Los niños y las niñas comprendieron que podían realizar las mismas cosas, teniendo en cuenta sus capacidades y sus gustos nunca, pensando si esto es "de chicos o de chicas". Las mujeres entendieron que si era el marido el que se tenía que ocupar de los niños o la casa, para ellas desarrollarse laboralmente, era normal. Nadie por sistema tuvo tareas asignadas de antemano en función de su sexo. Hasta las suegras dejaron de sorprenderse si sus hijos varones, dormían, alimentaban y cambiaban los pañales a sus hijos. Y para rizar el rizo, hay cocineras y modistas de éxito y hasta nadie se sorprende de ver a la presidenta del gobierno.

¡Ya está otra vez el riiing tan desagradable de todas las mañanas, anoche me debí quedar leyendo ese libro hasta las tantas, tengo la cabeza como un bombo!

-Cariño, me dice mi marido, empujándome de la cama. Ya es la hora, ponme el café que luego está muy caliente, además así puedo seguir durmiendo otro ratito.

-Vale Carlos, ya me levanto…….. ¡¡ debía haberlo imaginado, he vuelto a soñar !!

DIÁLOGO TEATRAL, EL SKYPE

Esto del Skype es un invento moderno y útil , poder hablar contigo a través del ordenador a 2000 Km. de distancia.

Voy a pulsar de nuevo a ver si ahora respondes. ¿Pero es que no vas a contestar? Nada la foto de nuevo, No sabes cómo odio esa sonrisa que tienes en ella, creo que has elegido ésta por la mueca de cinismo que tienes como diciendo "llama que te va a dar igual"

-¿Cómo es posible que lleves cinco días sin dar señales de vida?, si fuera alguna amiga, quién estuviera aquí, le llamarías todas las noches, que digo , a todas horas, pero a mí ¡qué más da!, si sabes que el día que me necesites voy a estar para lo que sea.

A lo mejor te llevas una sorpresa, porque la próxima vez no responderé y diré que había ido a bailar. No te rías, ahora estoy haciendo muchas cosas nuevas, hasta me he apuntado a un taller de creación literaria, pero con gente que sabe escribir muy bien.

Claro, dirás qué hago yo ahí, escuchar y aprender y a veces atreverme a escribir algo sobre ti. No, no te preocupes que no voy a contar el carácter tan difícil que tienes, digo sólo lo dulce que eres (cuando quieres) y lo pronto que has aprendido alemán.

Dichoso idioma. ¡Pues claro que protesto! , Imagínate cuando venga un nieto y me diga"oma", me va a parecer que soy familia de lo Morancos "omaíta".

Y nada...tú sin contestar. Pues sabes que te digo que cuelgo, que ya me he desahogado y no voy a tener nada que contarte.

EL BARCO

-¿Qué piensa usted de este barco, en plena M-40, varado a un lado, parece que está en un mar de amapolas y trigales.

-No le puedo decir, estoy bastante confundido y al ver que frenaba su coche y se bajaba a verlo, no he podido por menos que detenerme y seguir su ejemplo.

-Mire ahí viene otro coche con un conductor curioso.

-Buenos días ¿saben ustedes cómo ha llegado aquí esta embarcación?

-La verdad que no, estábamos observándolo, a ver si descubrimos, a qué se debe esta aparición.

- La verdad que parece una novia, todo acicalado, recién pintado, como si fuera a hacer su primera andadura por el mar.

-Es raro con lo cuidado que está, no haya nadie vigilándolo. Puede ser objeto de algunos vándalos.

-Miren, ahí se acerca un hombre con unas redes en las manos, ¿acaso creerá que aquí puede pescar algo?

-Buenos días señores ¿les gusta mi barco?

-Sí realmente lo admirábamos, sorprendidos, pensando qué haría aquí.

- Claro, a ustedes no les parece que éste sea sitio para una embarcación.

-Sí que nos ha extrañado.

Y tienen toda la razón del mundo. ¿Ven ustedes esos chalets?.

-Sí ahí tengo un amigo.

- En el que se ve al fondo vive mi hija, yo, como pueden ustedes adivinar soy
marinero de toda la vida, mi salud no es buena y se han empeñado que me venga a
vivir con ellos.

-Y naturalmente, usted no quiere.

-Imagínense, yo acostumbrado a ver la luna desde mi barca, con las redes echadas
y abrir la ventana de mi habitación y que inunde el olor del mar la estancia, ¿Qué
hago entre coches, ruidos y humos? Así que lo único que se me ha ocurrido es traer
a mi viejo compañero y demostrarles que aquí estoy tan fuera de lugar como él.

-Pues sabe qué le digo buen hombre, que tiene usted mucha razón y no deje que los
últimos años de su vida le arranquen de los lugares y las cosas que ha querido
siempre.

-Enhorabuena por su barco y por saber tan bien , lo que quiere hacer .

LA GITANILLA.

Nunca encontré una persona con tantas ganas de aprender. En el año 70, siendo gitana y con nueve años, no tenía muchas posibilidades de hacerlo, pero cuando veía cómo se abrían sus ojos cuando me observaba escribiendo, sentí que tenía que hacer algo para que alcanzara lo que tanto deseaba. Lo más dificil fué convencer a las familias, a la mía, para que la dejara venir a casa, a la de ella, para que aceptaran a que pasara un rato en terreno payo.

El viaje desde la tienda donde me encontré con sus padres, hasta mi casa debió resultar un cuadro pintoreso, toda una familia gitana, acompañada por una niña más bien pija, que hacía preguntarse a los que me conocían ¿dónde va ésta?. Pero al fin vio su sueño cumplido y la primera vez que leyó, me miró de tal forma, que valió la pena todo lo anterior.